RÉGIS WARGNIER

# LA DERNIÈRE VIE DE JULIA B.

*roman*

Robert Laffont

ISBN : 978-2-221-25669-5
Dépôt légal : mars 2022
Éditions Robert Laffont – 92, avenue de France 75013 Paris

# Julia

Un inconnu s'approche de notre table, glisse un mot à l'oreille de Guido. Celui-ci, après quelques instants, me dit à voix basse que je dois me rendre aux toilettes où quelqu'un m'attend. Je sors mes lunettes noires, les ajuste sur mon nez et me dirige vers le vestiaire, mon sac à la main. J'emprunte le couloir, dépasse un homme qui me fait un très discret signe de tête.

J'entre dans l'espace réservé aux femmes, où ne se trouve personne. L'homme du couloir m'y rejoint. Il extrait de la poche intérieure de sa veste une enveloppe qu'il me tend, et que je glisse dans mon sac. L'homme quitte les lieux, je le laisse s'éloigner et sors à mon tour.

Je regagne la salle, le sac serré sous mon bras ; l'homme que je viens de rencontrer a disparu. Je me dirige vers la table où Guido m'attend, souriant. Je m'assieds, bois une gorgée de vin blanc. Guido ne me demande rien, je ne lui dis rien non plus. Je me suis trouvée très bien, très juste, agissant avec sobriété, l'air sûre de moi, pas de temps mort. Une précision dans l'attitude et les mouvements digne d'une héroïne de polar affrontant un danger inconnu. Une très bonne prise, en somme ; j'attends le mot « Coupez », puis ceux-ci : « Elle est parfaite, on ne la refait pas. »

Ces mots, nul ne les dira : je ne tourne pas une scène de film. Je suis dans la réalité, et je viens d'aller récupérer l'argent qui m'est dû, en échange de ma présence à Novossibirsk pour un festival de cinéma dont c'est la première édition. J'ai un agent, un « rabatteur », en Italie, qui reçoit les offres pour moi, celles de ce genre, qui ne reposent que sur ma notoriété. On appelle ça, entre copines, « faire des ménages ». Apparaître dans un festival, souvent pour y remettre un prix, et revenir avec une enveloppe de cash dans la valise ou dans le sac à main. J'ai appris à honorer ce type de contrat avec sérieux : je suis irréprochable, tout en me tenant à distance de ces gens qui m'entourent, pleins de déférence. Je ne les vois pas, je ne les entends pas, je n'aurai même pas à les oublier.

Cet après-midi s'est tenue une conférence de presse, les sujets abordés étant ma carrière, mon opinion sur la génération montante d'actrices et d'acteurs, et les raisons de la vivacité actuelle du cinéma français – due selon moi aux aides et aux subventions de l'État. Ce sont à peu de chose près les mêmes questions qui reviennent d'une ville à l'autre, d'une rétrospective à l'autre. Je me souviens que nous étions ensemble, Jeanne et moi, au Japon, lorsqu'un journaliste l'a questionnée sur François Truffaut ; elle m'a décoché un grand sourire, avant de répondre :

« J'ai une nouvelle à vous apprendre, Truffaut est mort… »

La mort de François remontait à l'époque à quinze années déjà, mais c'était la parade qu'avait trouvée Jeanne pour que l'on nous parle enfin d'autre chose, et non plus seulement de la Nouvelle Vague et de ses éminents auteurs-réalisateurs.

Je n'ai pas travaillé sous la direction de ce remarquable cinéaste, bien que nous en ayons eu le projet. François m'écrivait régulièrement, en me donnant des indications sur le personnage qu'il développait pour moi, il racontait les scènes qu'il avait en tête. Il faisait de moi sa complice. Et puis il partait sur un autre sujet, d'autres caractères, en s'excusant et en me disant : « Chère Julia, vous serez le film d'après… » Finalement, notre film n'a jamais existé, sans que nous sachions très bien pourquoi. Je n'en ai pas de regret, il y a tant d'histoires qui n'auront été que des rêves de films.

Je n'ai jamais fait de plan de carrière. Ambitionner de tourner sous la direction de tel ou tel réalisateur, pour sa filmographie prestigieuse, ou parce qu'il a remporté un grand succès récemment, non, pas mon genre. Je n'ai jamais écrit à un metteur en scène dans ce sens : « J'aimerais tellement travailler avec vous… » Ils ont envie de m'avoir avec eux, ou non. Je leur laisse cette liberté, comme je me réserve celle d'accepter ou de refuser leurs éventuelles propositions.

Je suis née en 1951. Au tournant du millénaire, j'ai eu cinquante ans. Tout semblait continuer, avec moins de ferveur et de vivacité, certes, mais je n'avais aucune raison de me plaindre : des offres de rôles, dont certains intéressants à défendre, des sollicitations, des invitations, des demandes de la presse. Jusqu'à l'invisible frontière des soixante-cinq ans. Celle-ci, programmée sur les ordinateurs, entraîne la disparition automatique de votre nom de la liste des people et vous exclut du répertoire des attachés de presse, des services de communication, des relations publiques des ministères, des théâtres subventionnés, des théâtres privés, des groupes hôteliers, des couturiers et des maisons de prêt-à-porter : la vie mondaine peut se passer de vous.

Ce recul n'est pas progressif, il est brutal. L'exclusion, éprouvante dans l'enfance, est insoutenable à l'âge mûr. Il faudrait lâcher prise avant qu'on nous abandonne. C'est impossible. Je reçois encore des offres ; je ne peux que les refuser, elles terniraient mon image. Deux ou trois scènes à jouer dans des films médiocres, où je serais la grand-mère de l'héroïne : un plan dans la cuisine (mamie prépare des confitures), un avec mon fils (« Sois indulgent avec ta fille, tu ne la comprends pas »), une scène de promenade dans la campagne (mamie rassure sa petite-fille et la serre dans ses bras).

Mieux vaut ne rien faire. Qu'on ne garde pas en mémoire de telles images de moi. Mieux vaut aller faire des ménages dans les pays d'Europe de l'Est. Quelle chance pour Simone qu'on lui ait offert d'être Mme Rosa dans *La Vie devant soi*, quand elle approchait la soixantaine. Et le flamboyant retour d'Emmanuelle dans le film de Haneke, *Amour*, à quatre-vingt trois ans, où elle a sans ciller accepté d'apparaître entièrement nue ; moi, j'en serais incapable. Quel courage ! Quand le film s'est terminé, dans le silence stupéfait des spectateurs, je me suis dit : voilà, c'est une actrice totale, Emmanuelle est une actrice totale.

Je pense souvent à Jeanne, aussi. Nous étions restées proches, bien que nous fussions de générations différentes. Ma chérie (je l'ai toujours appelée « ma chérie ») n'a pas obtenu de rôles à sa hauteur dans ses derniers films, et elle a tout à coup choisi de ne plus apparaître nulle part, ni pour personne. Elle a vécu les ultimes années de son existence recluse dans son appartement, volets fermés. Écran noir.

Il y a un double prétexte à notre venue à Novossibirsk : l'inauguration de salles neuves au centre de la ville, et la présentation de films français anciens dans leur version restaurée et numérisée.

Classicisme et modernité. Je ne me retrouve ni dans l'un ni dans l'autre.

Tout le monde ici me connaît, pourtant. De Brest-Litovsk à Vladivostok, de la frontière polonaise à l'océan Pacifique. Le peuple d'Union soviétique s'est déplacé bien des fois, durant des années, pour me voir et me revoir sur les écrans des immenses salles de l'époque, qui pouvaient accueillir près de trois mille spectateurs.

Avant de me remettre la médaille de la ville, le maire de Novossibirsk, Aleksei Katchouk, s'est tourné vers moi, m'a observée un moment de ses yeux inquisiteurs, puis a pris la parole en français, avec un accent à peine marqué. Il lui a fallu quelques phrases pour dominer son trac, un léger tremblement dans la voix, bien qu'il ait appris son texte par cœur. Je l'ai soutenu, autant que j'ai pu, de mon regard et de mon sourire.

« Madame… c'est un tel honneur de vous recevoir ici. Pendant si longtemps, notre belle Europe a été coupée en deux par le rideau de fer, nous languissions de ne plus avoir de nouvelles de la France, pas même quelques mots ou images, et vous savez comme moi l'attachement profond, culturel et historique, qui lie nos deux pays. Et puis, un jour, vous êtes apparue au milieu des combats de la Grande Guerre, vous étiez élégante, audacieuse, libre. Nous sommes tous tombés amoureux de vous, de cette Agathe que vous incarniez, une rebelle qui se dressait contre l'injustice. Vous étiez de notre côté. Chez nous, quand l'amour est donné, nous ne le reprenons pas. Vous êtes réapparue dans des films contemporains pour incarner des femmes de tous les milieux sociaux, confrontées à des problèmes du quotidien, en famille, au travail, en amour, en amitié. Grâce à vous, nous avions des nouvelles de France, nous pouvions vous voir vivre, découvrir vos maisons, vos écoles, vos villes, vos campagnes. Aujourd'hui, vous êtes là, en personne. Sachez qu'aucune actrice ne vous remplacera dans nos cœurs… »

Jérôme, notre accompagnateur, se chargeait de la traduction en russe pour les spectateurs présents, bien qu'une grande partie d'entre eux comprît la langue française. J'observais discrètement les membres de notre délégation : des actrices, des acteurs, des réalisateurs, des producteurs aussi. La plupart semblaient découvrir avec étonnement qui j'étais, les étapes de ma carrière et l'adulation dont j'étais l'objet dans ces Républiques qui avaient formé l'Union soviétique. J'étais sûre d'une chose : aucune d'entre elles, aucun d'entre eux ne serait jamais confronté à ces situations exceptionnelles où ceux qui ont rêvé de vous découvrent un beau jour que vous savez descendre de l'écran, de votre piédestal, et que vous êtes réelle.

Elles sont bien trop réelles, ces jeunes actrices assises au premier rang, et, surtout, elles se ressemblent trop – toutes pareilles, le même style, le même langage, les mêmes attitudes, cette désinvolture qui frise le sans-gêne, l'écran du portable allumé, posé sur les cuisses, qu'elles regardent fréquemment alors même que l'on s'adresse à elles, l'air de rien, c'est ça, elles n'ont l'air de rien, sans mystère, sans énigme, les plus jolies sont comme une coquette devanture de magasin, on entre et il n'y a rien à l'intérieur, désolé, j'ai tout exposé en vitrine.

L'éloignement, l'absence, le mystère et jusqu'à l'invisibilité étaient les « concepts » (comme ils disent aujourd'hui) qui guidaient nos comportements : « Je n'existe pour vous que dans la peau d'une autre. » C'était la règle d'or, la profession de foi. Nos modèles étaient d'un autre temps, celui où les salles de cinéma étaient les seuls endroits, tels des lieux de culte, où l'on pouvait voir des images animées. Ceux et celles qui vibraient et flamboyaient à l'écran suscitaient notre désir et habitaient nos rêves. Les célébrités étaient protégées des regards ; certains affirmaient cependant avoir vu l'une de ces étoiles derrière la vitre d'une voiture, sur la route de Malibu ou à El Matador Beach, marchant nu-pieds dans l'eau, foulard noué autour du cou et lunettes noires sur le nez, tenant par le bras un élégant inconnu au physique de champion de base-ball.

Aujourd'hui, toutes ces jeunes comédiennes se photographient, se filment, échangent leurs moments d'intimité avec des inconnus, commentent tout et n'importe quoi, et luttent entre elles dans le but d'être la plus prolifique, la plus exposée, la plus regardée, la plus likée. Il ne s'agit pas d'être désirée, il s'agit d'être vue.

La douleur est montée sournoisement pendant la présentation des *Parapluies de Cherbourg*, alors que je me tenais debout face au public en compagnie de Jérôme, mais c'est pendant la projection du film – une copie restaurée – qu'elle est devenue lancinante. J'ai cependant eu le bonheur de revoir ce plan serré sur le visage de Catherine, sous sa voilette de jeune mariée, qui a dû inspirer tant de cinéastes et leur donner l'irrésistible envie de la filmer, alors qu'elle n'avait que dix-neuf ans au moment du tournage. Son visage, diaphane, transparent, fragile, dégage déjà une insondable énergie.

Ensuite, ç'a été le naufrage, une douleur en bas du canal rachidien qui s'est muée en véritable souffrance ; et le directeur du cinéma qui tenait absolument à me faire visiter toutes les salles du bâtiment, les espaces vidéo, la future bibliothèque, le sous-sol et sa boîte de nuit, les vestiaires et toilettes en marbre – c'est là que, mon amour propre balayé, je lui ai demandé d'arrêter la visite, je lui ai dit que j'avais mal, que je voulais rentrer m'allonger à l'hôtel.

Jérôme a été arraché au cocktail et prié de me raccompagner jusqu'à ma chambre. Nous sommes sortis dans le froid de la nuit sibérienne et, après quelques pas, j'ai penché mon corps vers l'avant, dans cette position qui éloigne la douleur quelques instants, puis je suis tombée à genoux, j'ai arrondi le dos, et j'ai repris mon souffle. J'ai traversé la grande place centrale de Novossibirsk à quatre pattes, car je pouvais ainsi progresser lentement sans ressentir de pincement au niveau du nerf.

Jérôme ne savait pas bien quoi faire, il m'a suivie, précédée, m'a demandé s'il fallait faire venir une voiture, non, pas la peine, j'allais faire le chemin comme ça, repliée dans la neige, deux heures plus tôt, la salle bourrée de gentilles dames et gentils messieurs russes de ma génération s'était levée pour m'offrir une standing ovation, heureusement ils ne me verraient pas dans cet état, ils étaient restés au chaud dans le grand salon et célébraient l'indestructible amitié franco-russe en portant des toasts de vodka cul sec qui allaient décimer nos jeunes starlettes nationales – quelques-unes aussi auraient du mal à retrouver l'entrée de l'hôtel.

Moi, j'y arrivais enfin. Nous avions croisé très peu de promeneurs à cette heure, auxquels Jérôme avait servi des phrases courtes et sans appel, circulez, il n'y a pas à s'inquiéter.

Je me suis laissée tomber sur le lit et, comme je le pressentais, la douleur suraiguë ne s'est pas estompée. Le mal était au-dedans de moi, et aucune posture ne m'en débarrasserait. Jérôme a promis de me trouver des médicaments et il est reparti, après avoir posé un regard plein de compassion sur moi. J'avais mal, je sanglotais comme une enfant confrontée à une souffrance qu'elle ne connaissait pas. Dans la nuit, le chauffeur des propriétaires du multiplex a frappé à la porte de ma chambre. Je me suis levée, je lui ai ouvert. Il m'avait apporté ces comprimés dont je rêvais depuis mon expédition à genoux dans la neige. J'ai avalé les pilules, j'ai attendu. J'ai remarqué que le devant et le bas de la robe prêtée par le couturier italien, et que je n'avais pas ôtée, étaient déchirés en plusieurs endroits. Je serai privée de tenue la prochaine fois. Y aura-t-il une prochaine fois ?

Les calmants – j'en avais pris deux d'un coup – ont amorcé leur effet d'apaisement, j'ai pleuré, cette fois-ci de soulagement. J'étais shootée, aussi, c'était de la bonne came. Qui a dit que le plaisir, c'est l'absence de souffrance ? Ça me plaît, j'adhère.

Mes pensées vagabondaient, je flottais, je respirais, je rêvais. Et si j'arrêtais de faire des ménages ? C'était la deuxième alerte. La première avait été d'un tout autre ordre. Ce soir, à Novossibirsk, c'était le corps qui flanchait. Là-bas, ç'avait été très différent. La découverte d'autres limites à ne pas franchir, de territoires à ne pas explorer. Il faut y passer pour savoir qu'on n'y retournera pas.

*

C'était loin, au bout du monde.

J'aurais été bien incapable de situer Montevideo sur une carte de l'Amérique du Sud. Guido avait insisté, arguant que cette prestation était généreusement payée, et qu'elle était différente des propositions habituelles : être, en compagnie d'une actrice italienne, l'hôte d'honneur d'une soirée d'anniversaire, celle d'un riche industriel uruguayen. J'ai téléphoné à Rossana, dont j'avais fait la connaissance une vingtaine d'années plus tôt dans différents festivals, et nous nous sommes mises d'accord : allons-y ensemble, ou n'y allons pas. L'idée d'être seule dans ce genre de situation la terrifiait autant que moi. D'autant que, contrairement aux usages, les organisateurs nous avaient refusé le billet d'avion supplémentaire pour un accompagnant, ainsi que ceux destinés au maquilleur et au coiffeur, qu'ils avaient déjà engagés à Montevideo pour s'occuper de nous.

Rossana avait connu des débuts triomphants dans un film néoréaliste, un mélodrame rural où elle crevait l'écran, révélant sa plastique irréprochable. La suite de sa carrière avait été moins intéressante : beaucoup de péplums et de westerns italiens, ainsi que quelques incursions peu marquantes dans des films anglais ou américains.

Nous avons été accueillies à l'aéroport par des regards curieux et perplexes : où étaient passées les beautés d'antan ? Ce n'était pas nous qu'ils attendaient, mais celles que nous avions autrefois été et qu'ils avaient gardées dans leurs souvenirs. Pourtant, compte tenu du long voyage, du décalage horaire et des talents limités de l'équipe beauté mise à notre disposition, nous ne nous en sortions pas si mal que ça. Heureusement que nous étions venues à deux.

La maison où se déroulait la fête était à Punta del Este, station balnéaire favorite des nantis de Montevideo et jadis refuge de nazis en fuite. Je n'avais pu m'empêcher de chercher autour de moi des crânes blonds et des regards d'acier.

Notre hôte s'était présenté, il se nommait Ezequiel. Il s'exprimait en français, ça lui conférait du charme et de l'élégance. Il s'était excusé de ne pas nous avoir accueillies en personne à l'aéroport.

Nous étions liés par un contrat, il m'avait louée pour la soirée. Mon talent de comédienne me permettait de donner le change, de sembler être à l'aise, alors que lui avait du mal avec cette réalité. Je sentais qu'il ne dominait pas sa gêne.

Apéritif sur la terrasse, dans une lumière atlantique ; les convives se tenaient à une distance respectueuse. Nous devions les intimider.

Ezequiel, très occupé comme maître de maison, nous observait de loin. Je crois que j'étais sa favorite, qu'il avait moins de penchant pour Rossana. Ses yeux ne me trompaient pas.

Puis nous sommes rentrés dans la maison pour le dîner. Rossana et moi avions été placées à des tables différentes. Un soulagement : tous ces gens avaient le même âge que nous. Le plus terrible est le regard des femmes : pourquoi avoir fait venir ces actrices oubliées et démodées ?

J'étais placée à la table d'Ezequiel, il était assis en face de moi.

Le dîner avait été excellent, la conversation empêtrée, portant sur telle et telle scène extraite de films que les convives avaient vus à l'époque où nous réussissions à exporter notre cinéma. Ils nous avaient questionnées sur des films dans lesquels nous n'avions pas figuré, des rôles que nous n'avions pas interprétés, mais nous avions joué le jeu et répondu sans les contredire. J'observais Rossana de l'autre côté de la pièce : un homme s'était lancé à sa conquête, sans délicatesse et sans vergogne. Elle le maintenait à distance avec bravoure.

Fin du dîner, tombée de la nuit. Un écran est descendu du plafond pour une projection surprise d'un montage d'images de Rossana et de moi, dont beaucoup nous montraient en tenue légère, extraites de films, de magazines, de soirées de gala aussi, où nous apparaissions rayonnantes, en robe moulante et très décolletée. Les invités applaudissaient, les hommes surtout, visages échauffés, regards insistants. Une cloison mobile a coulissé, un orchestre est apparu et a attaqué une bossa nova pour animer l'ambiance. J'ai choisi de converser avec une invitée emperlousée pour éviter de danser.

Était venue l'heure langoureuse, dans une lumière tamisée. Un homme à l'embonpoint prononcé s'est approché de la table et m'a invitée à danser. J'ai refusé avec un joli sourire, l'homme a hésité avant de se détourner. Notre hôte, Ezequiel, est soudain apparu devant moi et a posé ses mains sur la table. Il s'est penché vers mon visage et m'a dit dans un souffle :

« Vous êtes payées aussi pour faire plaisir à mes invités… »

Je me suis sentie violemment humiliée, je ne voyais pas d'issue, sinon me lever en disant avec maladresse :

« Excusez-moi, je n'avais pas compris que votre ami m'invitait à danser… »

L'ami en question, éconduit, s'était déjà éloigné. Ezequiel m'a prise par la main et m'a enserrée de ses bras. Nous avons dansé plusieurs slows. J'avais l'impression qu'il m'infligeait une punition. Puis il m'a lâchée. Personne après lui ne s'est approché de moi, l'envie leur en était passée. Je suis allée sur la terrasse, tournant le dos à la fête et aux convives. Je ne savais pas qui d'Ezequiel ou de moi était le plus amer. Il avait payé pour m'avoir ici. En ce qui me concerne, une limite, ma limite, avait été franchie. Plus jamais.

Après un long moment, un homme est venu vers moi et a proposé de me raccompagner à l'hôtel. Ezequiel se tenait à distance, immobile, son regard fixé sur moi. J'y ai vu une expression indéfinissable, une émotion sincère, retenue. Bien plus que de la déception, de la mélancolie, peut-être. Rossana m'attendait dans le hall de la villa. Nous sommes parties sans dire au revoir à personne.

Il m'était venu une idée : que se serait-il passé, si, au lieu de cette réception ampoulée et conventionnelle, Ezequiel m'avait reçue lui seul, et m'avait proposé une soirée en tête à tête ?

Lui et moi. Une actrice et un admirateur. Joli point de départ, et tant de possibles. Nous aurions inventé notre soirée, alors que celle-ci était en tous points définie et orchestrée.

Le lendemain, il a fallu patienter jusqu'à l'heure du vol retour, via Buenos Aires. Nous sommes restées chacune dans notre chambre, en attente du départ. J'essayais de chasser de mes pensées cette soirée détestable, je n'y parvenais pas.

Un employé de l'hôtel a frappé à nos portes et nous a remis des enveloppes : le salaire de notre participation. J'ai compris à cet instant l'écran noir de Jeanne. Je n'avais qu'un désir, me retrouver seule.

*

C'est une tache sombre sur le sable clair qui a attiré mon attention, une tache mouvante, sous la surface de l'eau éclaboussée de soleil. À cette heure, malgré les poussées du vent qui dessinent des rides vers l'amont, l'eau se retire encore en découvrant des bancs de sable au milieu desquels subsistent des mares brillantes.

Je descends le jardin pentu, bordé tout en bas par le sentier des douaniers, et je me rapproche de l'eau en me faufilant entre les rochers. Je distingue mieux la forme noire étalée sur le sable, à peine immergée. Un énorme poisson, un dauphin, probablement, il y en a beaucoup dans les parages. Je marche dans l'estuaire, ralentie par ma longue jupe détrempée et serrée sur mes jambes. Je la relève jusqu'aux genoux, et en contournant les trous d'eau, j'arrive tout près de la bête prisonnière, couverte seulement de quelques centimètres d'eau salée. Non, ce n'est pas un dauphin, celle-ci est plus ventrue, plus massive. Un baleineau égaré, plutôt, ayant échappé à la surveillance de sa mère, laquelle doit errer à sa recherche à quelques encablures au large. D'ici une poignée de minutes, la marée descendante aura siphonné cette mare providentielle, et le baleineau, arraché à son milieu protecteur, agonisera lentement à mes pieds.

Je me souviens de nos jeux de gamins sur la plage, dessiner et former des rigoles afin de détourner les premières vagues qui attaquaient nos châteaux aux fortifications d'algues et de pierres. Il n'y a que quelques mètres entre les eaux de l'estuaire et cette mare où le baleineau s'épuise dans sa lutte ; il faudrait creuser un canal de l'une à l'autre, puis attendre que le baleineau flotte dans les eaux montantes. Ensuite, lui et sa mère échangeront des signaux secrets, ils vogueront l'un vers l'autre.

Je n'ai rien, même pas une pelle ni un râteau. C'est l'étale de basse mer, ce moment que j'aime tant : le vent faiblit, la rumeur est suspendue des eaux mouvantes, la nature se tait. Je commence du côté de l'estuaire, à genoux sur le sol, mes mains fouillent sans relâche le sable humide, malléable, ondulant comme une méduse. Mes bras et mes poignets me font mal, mais je réussis à former une minuscule baie, malgré l'hostilité persistante de la mer qui ravine et détruit en douceur toute mon entreprise. Un bruit insolite, inquiétant, me fait me retourner. Le baleineau s'agite, sa queue bat l'air puis retombe dans un clapot. Je repars à l'attaque, couverte de sable des pieds à la tête. La sueur, que je ne parviens pas à essuyer de mon front, perle dans mes yeux irrités.

Je ne l'ai pas vu arriver : un kayak est là, tout près, qui vient s'échouer à une dizaine de mètres. Deux hommes s'en extraient, ils s'approchent, parlent dans une langue nordique, puis en anglais ; je les entraîne vers le prisonnier, ils comprennent. L'un d'eux apporte un seau, mais un si petit récipient pour arroser la bête volumineuse, c'est dérisoire. Les deux hommes se mettent eux aussi à plonger leurs mains dans le sable, l'eau s'y glisse, aussitôt absorbée, c'est désespérant. Les bruits changent autour de nous, c'est le premier signal de l'imminence de la marée montante. Fin de l'entracte. Je pense à *Un barrage contre le Pacifique*, à la lutte incessante de la mère de Marguerite Duras, au milieu du delta du Mékong, contre les vagues de l'océan qui infiltrent et démolissent les digues protégeant les champs et les cultures.

Notre petit canal dans l'Atlantique a progressé de quelques mètres, il reste encore tant de brassées de sable à dégager. Une barque de pêche, c'est celle de Vincent, s'engage dans le chenal, il aura juste assez de fond pour passer en serrant la rive rocheuse. Il nous voit, il me reconnaît, me fait signe qu'il va lancer un appel sur son portable.

La mer vient caresser mes pieds, elle arrive. Je pousse l'eau de mes mains, de mes bras, elle rejoint la mare et glisse sur la peau noire du baleineau. C'est une marée puissante : en quelques minutes, nous avons de l'eau jusqu'aux genoux, et le baleineau est enfin totalement immergé. Il faudra bien une heure avant qu'il puisse se mouvoir sans heurter le fond. Je rejoins le rivage, les deux hommes me suivent, entraînant leur kayak. Nous nous asseyons sur les rochers et nous attendons qu'il se passe quelque chose.

Deux embarcations arrivent à vive allure, en provenance du port, et remontent le courant. Ce sont celles de la gendarmerie. Nous leur faisons des signaux, pour indiquer l'endroit où se trouve le baleineau. Les bateaux ralentissent, tournent lentement, repèrent la masse sombre de la bête et se placent alors face au vent et au courant, en glissant lentement sur les vagues en direction de l'embouchure. Les yeux sur le fond de l'eau claire, les gendarmes suivent la progression de notre baleineau. Ils franchissent la passe et laissent la terre derrière eux, l'océan jusqu'à l'horizon. Un bref instant apparaît à la surface de la mer le dos noir du mammifère. Puis il disparaît dans l'onde creusée par la houle.

Je me relève, j'ai froid, je tremble. J'invite les deux hommes à me suivre afin que nous puissions nous réchauffer à la maison. Au moment d'entrer par le bas du jardin, l'un d'eux me dit :

« *You are this french actress, right?* »

Je reçois de moins en moins de nouvelles de mon agent, nos conversations sont désormais espacées de plusieurs semaines. Nous ne faisons plus semblant, ni l'un ni l'autre. Le temps de la séduction mutuelle est révolu. Lui tient malgré tout à me garder dans son agence, moi je compte encore sur lui pour que les auteurs et les réalisateurs qu'il représente écrivent pour moi ou m'envisagent en priorité dans les rôles qui en valent la peine. Il y en a si peu, un ou deux par an, et qui sont l'objet de batailles feutrées mais féroces entre comédiennes. Une bonne actrice est une actrice qui décroche les bons rôles.

Je suis donc très surprise quand Lucas m'appelle, et qu'avant même de dire bonjour il me lance :

« Elle est superbe, cette photo, le texte aussi d'ailleurs. Tu as signé chez Greenpeace ? »

La photo circule sur les réseaux sociaux, sur Internet. Elle a d'abord été postée sur l'un des sites « sauvages » qui me sont dédiés. Je les appelle ainsi, car je ne connais ni leurs créateurs ni ce qui les a motivés. Je ne m'y intéresse pas, je ne surveille pas leur contenu. Catherine et Isabelle sont le sujet, elles aussi, de plusieurs sites semblables, elles ne s'en mêlent pas non plus, elles les tolèrent, elles laissent faire.

La photo en question a été prise de la côte, depuis le sentier des douaniers – par un anonyme, visiblement : elle n'est pas signée. Elle est parfaitement nette ; une telle qualité requiert un appareil sophistiqué et l'utilisation d'un téléobjectif. On m'y voit debout devant le baleineau, tentant d'éponger ma sueur d'un revers du bras, ma jupe noire collée aux jambes, avec en arrière-plan des oiseaux volant bas dans le ciel (je ne me souviens pas d'eux), mon visage assombri par le contre-jour, au milieu duquel mes yeux clairs restent lumineux… j'ai l'air d'une vigie, rassurante et investie d'une mission : sauver la bête en péril à ses pieds. De celles qui ne cèdent pas.

Toute la journée, mon portable lance la même petite note sonore, qui indique l'arrivée d'un message. Les textes se suivent et se ressemblent : « Super, cette photo » ; « Bravo, joli sauvetage »… Il y a aussi quelques remarques ironiques : « Si ce n'était pas toi, j'aurais cru à une mise en scène » ; « Combien de prises il vous a fallu ? »… Et puis je trouve ce message sur ma boîte vocale :

« Bonjour Julia, c'est Brigitte. C'est merveilleux, ce que vous avez fait, et c'est très courageux. Ça me ferait plaisir de vous parler, ça fait si longtemps… on s'est perdues de vue, chacune dans son refuge, mais j'ai été très émue par cette photo de vous, je vous trouve toujours aussi belle… et vous savez que je n'aime pas les actrices, mais vous, je vous aime… ce que vous avez fait pour ce baleineau, il n'y a que vous pour vous jeter à l'eau comme ça… vous et moi ! »

Le message de Brigitte se finit dans un éclat de rire. Je ne réponds pas aux autres, me contentant au mieux d'un court texte de remerciement pour ceux qui m'ont semblé sincères. Je ne suis pas à l'aise avec cet appareil et ses touches minuscules, surtout quand il se mêle de m'imposer des mots et de finir les phrases à ma place.

*

Un soir de grand vent. La tempête est suffisamment forte pour qu'on lui attribue un nom, *Julia*. Comme moi. Toutes les Julia du monde devraient se liguer et déposer plainte, car nous ne nous reconnaissons pas dans ce déchaînement.

L'électricité est coupée. Quelque temps après, je suis surprise par l'arrivée des gendarmes :

« Vous n'avez vu personne, rien remarqué ? »

Ils n'en disent pas plus. Ils me laissent une torche électrique, je les remercie. Je traverse le jardin, devine une silhouette entre le massif de fleurs et le mur. Je balaye l'endroit avec le faisceau lumineux ; un visage enfantin est pris dans le rayon de lumière. La camionnette des gendarmes est repartie, le gamin est immobile. Je n'ai pas peur.

Combien de secondes s'écoulent-elles ainsi ? Le gamin saigne, la pluie se met à tomber avec force. Je lui dis de me suivre. Nous entrons dans la maison, j'avais allumé des bougies dans chaque pièce, nous voici transportés dans un autre siècle, avant l'invention de l'électricité.

« Ne bouge pas, je reviens tout de suite. »

De retour dans le hall d'entrée, une trousse à pharmacie en main, je braque la torche sur lui : il a une blessure sur le crâne. La lumière revient. C'est lui qui a peur, qui sursaute. Il est plus âgé que je ne le pensais. Il y a du sang sur le carrelage. Il voudrait parler, n'y arrive pas.

« Comment tu t'es fait ça ?

— J'ai reçu une branche sur la tête, elle est tombée. »

Il a un accent indéfinissable, et il ment. Il porte un blouson, il n'est sans doute pas armé, il ne peut pas me faire de mal.

« Je vais nettoyer ça... si tu veux. »

Je désigne sa tête. Il acquiesce. Il me suit jusqu'à l'office puis dans la cuisine, des gouttes de sang tombent sur le sol, je nettoierai ça après. Sa tête, sous l'eau du robinet, dégage une odeur – sa sueur, les feuilles – estompée par la pluie. Je la sèche avec un torchon. J'écarte les cheveux, l'entaille n'est pas très profonde, je nettoie avec un désinfectant. Je coupe quelques mèches, je réussis à mettre un peu de crème cicatrisante, une compresse et un sparadra par-dessus, ça ne va pas tenir longtemps dans la chevelure.

« Ne te lave pas la tête pendant quelques jours. Tu auras les cheveux sales, tant pis. C'est pas grave. »

Je l'ai tutoyé, je l'ai soigné, je ne me souviens même plus de m'être occupée comme ça de Mickael, mon fils. Je vois qu'il est trempé, je lui propose des vêtements. Il remercie, non, ça ira. Il n'a pas envie de partir, il redoute certainement que les flics soient encore en train de rôder à sa recherche. Je n'ai même pas demandé : « Qu'est-ce que vous faites là ? » Cette phrase sonne comme une réplique de film, j'ai dû la prononcer des dizaines de fois, c'est très commun ; un scénario où l'on trouve cette réplique est un scénario qui n'est pas assez travaillé.

Un moment de gêne. J'hésite à lui proposer de rester, par un antique réflexe de prudence. Une solution m'apparaît : il y a une cabane dans le parc, dans laquelle j'ai installé un lit de fortune, il y a longtemps. Je l'y emmène. Il ne dit rien, il me suit. Je sors une couverture de l'armoire, la pose sur le lit. Il s'assied lentement, au bord du matelas. Je quitte la cabane et cours jusqu'à la maison. Je verrouille la porte d'entrée principale, mon regard tombe sur les taches de sang. Je m'agenouille sur le sol, j'entreprends de les nettoyer, puis m'attelle à celles de la cuisine. J'essore la serpillière, plusieurs fois, jusqu'à obtenir un filet d'eau claire. Sans perdre un instant, je traverse toutes les pièces du rez-de-chaussée et vérifie que chaque fenêtre est bien fermée. La peur est venue, avec un temps de retard. Je vais encore me faire engueuler pour mon imprudence, il vaut mieux que je ne raconte ça à personne. Je n'ai aucune envie de me retrouver dans les pages locales du *Télégramme* et de *Ouest-France* pour une histoire de petit délinquant planqué dans mon jardin.

J'ai acheté cette maison parce que je l'ai trouvée belle. Posée en haut d'un coteau, elle domine des vergers de pommiers, jusqu'à l'océan. Le propriétaire n'avait pas l'intention de s'en séparer, bien que son entretien lui coûtât très cher. Je crois qu'il n'osait pas la mettre en vente, parce que cet acte d'abandon aurait sonné comme un échec, le constat d'une défaite. Ma proposition a mis fin à son dilemme : il pourrait se vanter d'avoir profité de l'occasion et de ma fantaisie.

Très vite, je me suis retrouvée au même point que lui : cette demeure, que j'avais dénommée « le Château des pommes », constituait un gouffre pour mes finances. Fidèle à mon impulsivité, je n'avais même pas fait de visite complète et sérieuse lors du premier rendez-vous. Je n'avais pas non plus fait de seconde inspection en compagnie d'artisans spécialisés susceptibles de me donner une idée du coût des travaux à réaliser, qui pour la toiture, qui pour la menuiserie, qui pour l'électricité... Je n'aurais pas non plus su dire exactement le nombre de pièces qu'elle contenait. J'ai passé les premiers temps au niveau inférieur, n'ayant aucun besoin de monter dans les étages.

Quand j'ai envoyé les premières photos du Château des pommes à mon fils Mickael, il m'a traitée de folle. Je crois pourtant qu'il est sincèrement tombé amoureux de la maison lors de son premier séjour, ce qui m'a comblée de joie. Je ne le lui ai pas dit, nous avons une relation si étrange, intense mais pudique, comme un amour réciproque que nous nous cacherions l'un à l'autre.

J'ai été une mère impossible : dans les premières années de la vie de mon fils, je voulais être parfaite, irréprochable. J'avais lu les livres de Françoise Dolto, quelques autres écrits par ses disciples, et j'avais suivi leurs préceptes. Mickael a été un enfant roi, j'ai été sa servante. Je tentais toujours de comprendre ou d'interpréter ses crises et ses larmes, me demandant quelle avait été mon erreur, ma faute d'inattention. Je repoussais l'idée qu'il puisse tout simplement faire un caprice, ou chercher à me manipuler, car en tant qu'enfant il n'était qu'innocence et ne pouvait nourrir aucune arrière-pensée ni se jouer de moi ; il m'incombait de lever le voile sur toutes ces petites énigmes – de quelle manière l'avais-je contrarié, cette fois-ci ?

Je lui ai consacré tout mon temps, même si j'anticipais ce qui allait se produire, à savoir que le cinéma finirait par me manquer et que je reprendrais un jour mon métier d'actrice. J'avais des échos des films qui allaient être tournés, des rôles qui m'échappaient, et je faisais tout pour ne pas laisser ces pensées m'envahir. Je ne quittais pas Mickael une seconde, je lui parlais toute la journée, je commentais ses gestes, ses attitudes, jusqu'à ses trébuchements ; je le félicitais pour sa joie, ses rires, son regard, sa curiosité, même pour son air morose, je m'esclaffais à ses mots inarticulés, j'étais son admiratrice et sa fan, je l'enveloppais d'amour car je savais que j'allais le quitter bientôt, et que nous allions vivre de longues périodes sans nous voir. Je réglais d'avance mon compte de culpabilité.

Un jour, alors que je l'entourais une fois encore de toute ma sollicitude, il m'a lancé :

« *Leave me alone, OK ?* »

C'était l'expression usuelle de son père. L'homme que j'ai le plus aimé. Il est acteur, lui aussi, et metteur en scène.

# Mickael

Je me souviens de nos entrées au restaurant, ma mère, mon père et moi. Les gens présents suspendaient leur conversation, nous observaient, avec ou sans discrétion ; une fois que nous étions assis, et seulement à ce moment-là, la parole reprenait son cours.

À l'école où j'allais, il y avait d'autres enfants de mères ou de pères célèbres, en tout cas connus : fils et filles d'écrivains, d'hommes politiques, de gens de théâtre, de journalistes, de capitaines d'industrie. Cela était favorisé par le fait que tous résidaient dans le même quartier, rive gauche, entre la Seine, les Invalides, Montparnasse et le Panthéon. Des *happy few*. Je m'y sentais bien, et pourtant aucune de mes amitiés d'aujourd'hui ne remonte à cette période de ma vie. D'instinct, je me suis tenu à quelque distance de ces cercles, ne m'étant jamais projeté dans un avenir au sein de ce milieu.

Je pense que l'histoire d'amour entre ma mère et mon père a été très forte, puissante et passionnelle, renforcée par la fascination qu'elle exerçait sur le public… drôle de mot, « public », mais je n'en ai pas d'autre pour désigner la quantité d'articles de presse, de photos volées, de faux reportages, de rumeurs colportées dont ils ont été l'objet et qui nourrissaient les fantasmes de celles et ceux désirant s'approprier, d'une certaine façon, l'existence des gens en vue.

Ma mère m'a aimé, porté, d'un amour entier. Je tiens d'autant plus à l'affirmer que s'est installée progressivement une fausse vérité selon laquelle elle m'aurait négligé puis abandonné. Ce scénario, construit de toutes pièces, étayé par de fausses preuves, était celui qui arrangeait les envieux, faisant d'elle une mère indigne : des clichés pris en cachette de ma nounou me ramenant de l'école ont circulé, sur lesquels mon visage est flouté ; sur d'autres, une barre noire cache mes yeux et mon front. Une mère absente, indifférente. C'est ainsi qu'ils parlaient d'elle.

Ma mère a été l'une des premières à porter devant la justice toute forme d'atteinte à la vie privée, et son excellent avocat a toujours eu gain de cause. Elle est devenue à la fois l'obsession des paparazzi, pour la rareté de ses apparitions publiques, et leur hantise, pour sa dureté. Je l'ai toujours admirée, j'ai toujours été si fier d'être son fils. Enfant, je parcourais en cachette les beaux livres de photos qui lui étaient consacrés. Dans certains, il y avait aussi des textes. J'ai compris le métier d'actrice, comment elle le vivait, son acharnement à garder son rang… Je ne lui en veux pas, je n'aurais pas voulu qu'elle eût l'idée de se sacrifier, de renoncer à sa carrière, ne serait-ce qu'à un rôle, pour rester auprès de moi. Je lui ai écrit une longue lettre à ce sujet, je ne la lui ai jamais envoyée.

Mon père et ma mère se sont séparés, comme souvent ceux qui s'aiment trop fort. Quand l'amour de l'un perd un peu de sa force, de son flamboiement, l'autre est saisi de vertige, comme s'il glissait sur une pente irréversible.

Mon père a apporté à ma mère une extraordinaire preuve d'amour, même si je considère que l'orgueil a eu une grande place dans sa démarche. Ma mère avait reçu un scénario, dont la lecture l'avait bouleversée : elle avait le sentiment que, pour la première fois, il lui était offert d'incarner un personnage féminin d'une telle densité. Une histoire d'amour et de passion, centrée sur une héroïne emblématique d'une période cruciale du siècle dernier, la fin de la Seconde Guerre mondiale. L'occasion pour elle de s'éloigner de ces rôles, un peu répétitifs, de jeune femme libre, séduisante, qu'on lui proposait d'habitude et qui plaisaient beaucoup aux spectateurs. J'étais encore un petit garçon lorsqu'elle m'a confié un soir :

« Ce rôle-là, je peux le jouer car je suis une maman, je le jouerai en pensant à toi… »

C'était un film sur les femmes et les hommes de l'après-guerre, et sur les traces invisibles mais si profondes que les combats, les défaites laissent dans les cœurs et dans les corps. Personne ne savait qu'à ce moment de leur vie commune Julia Beller et William Harrison avaient pris la décision de se séparer. Elle avec fermeté, lui avec réluctance. Mon père est pourtant allé voir le réalisateur du film : il avait lu le scénario et voulait le rôle masculin. Il souhaitait que Julia soit à son meilleur niveau pour ce rôle important, qu'elle ne se trompe pas, et il était sûr d'être le meilleur partenaire pour la guider. Il la porterait au sommet. Il avait tout prévu, y compris comment intégrer à l'histoire un personnage d'origine britannique comme lui. Il parlait déjà un français excellent, et n'aurait aucune difficulté à jouer dans notre langue. Juste un peu de travail en plus.

Le tournage avait lieu durant l'été. Ils m'ont emmené avec eux. Et la nounou. Et ma grand-mère maternelle. Le film contenait beaucoup de scènes dramatiques, débordantes d'émotion. Mésententes, fâcheries, colères, jalousies, réconciliations. Des *love streams* auxquels j'étais accoutumé, un peu comme si mes parents rejouaient leur propre vie. Mon père était totalement concentré sur maman, sur son jeu, ses faiblesses, les moments où elle se contentait de faire semblant. Il venait lui parler à l'oreille, la poussait dans ses retranchements jusqu'à l'épuisement. Le réalisateur ne s'y opposait pas, conscient que ma mère n'accepterait pas de lui une telle exigence, et sachant aussi qu'il était rare d'obtenir d'aussi beaux moments de cinéma, où les acteurs se surpassent et se livrent tout entiers à leurs personnages.

Aujourd'hui, je comprends que c'est durant le tournage de ce film que mon père a pris goût à la mise en scène, à travers la direction d'acteurs. J'avais pressenti, depuis longtemps, qu'il était trop orgueilleux pour se laisser, toute sa vie, diriger par les autres.

Mes parents ont décidé, tout le temps du tournage, de jouer la comédie du bonheur, du couple uni. Ils avaient cependant demandé des chambres séparées, parce qu'ils y avaient droit, et au prétexte d'horaires de travail qui différaient.

Mon père a reconquis ma mère, jour après jour. C'est elle qui me l'a dit, bien plus tard :

« Il s'est agrippé à ce rôle et à ce film pour me reprendre, me prouver qu'il était et serait toujours mon meilleur partenaire, à l'écran comme dans la vie… »

Le dernier jour de tournage, ils se tenaient par la main, tels des amoureux. Ils ne faisaient pas semblant, ils étaient sincères. William avait regagné le cœur de sa belle, Julia.

Ça a tenu quelques mois, et la chute n'en a été que plus dure. La sortie du film a précipité la fin. L'engagement de maman dans ce rôle était tel qu'il avait créé une confusion entre son personnage et sa propre personnalité. Cette héroïne passionnée, désespérément en quête d'amour, a provoqué chez le public autant d'adhésion que de désaveu et de rejet. Ma mère a eu l'impression qu'elle était jugée et condamnée, à l'égal du personnage. Le rôle interprété par mon père, celui d'un homme amoureux de cette femme infidèle, et tentant de toutes ses forces de la protéger d'elle-même, a au contraire suscité la compassion des spectateurs et lui a valu les louanges des critiques. C'est lui qui a « ramassé », comme on dit dans le jargon du métier. À tel point que certains amis de maman, qui savaient l'insistance de mon père à être son partenaire dans ce film, l'ont soupçonné d'avoir calculé et prémédité son coup : il aurait intuitivement compris qu'il en sortirait gagnant. Et il tiendrait alors sa revanche sur elle, qui lui imposait la fin de leur amour.

Je ne crois pas que mon père ait pu être capable de telles pensées, ni de telles actions. Ils ont tous les deux été dépassés par le parfum de scandale suscité par l'héroïne incarnée par ma mère, comme l'atteste l'incroyable scène de rupture qui a marqué pour de bon la fin de leur histoire. Lequel des deux a conçu l'idée étrange d'aller voir le film ensemble, au milieu des spectateurs, un dimanche après-midi, comme si le public allait leur apporter la vérité, sur leurs personnages et sur eux-mêmes ? Le directeur de la salle, flatté de leur présence inattendue, les a guidés en personne jusqu'à leurs places. On les a reconnus, des chuchotements se sont fait entendre, on se soulevait sur son siège afin de les apercevoir. Dès l'extinction des lumières, le silence s'est imposé dans la salle.

Maman m'a raconté qu'elle n'a jamais vu un public aussi immobile, aussi gêné et pourtant fasciné, entraîné malgré lui dans une forme de voyeurisme. Regardez comme nous nous aimons, nous déchirons, nous supplions, nous accusons, nous pardonnons, allez, c'est cadeau, nous ne jouons pas, tout est vrai, c'est une séance spéciale, un *happening*. Julia et William sont restés collés à leurs sièges, ils se tenaient la main, tandis qu'ils livraient sur le grand écran un combat perdu d'avance. Personne n'a quitté sa place avant l'ultime titre du générique de fin. Les rangs se sont vidés lentement ; Julia et William ont été les derniers à quitter la salle.

Ils sortent sur le trottoir. On les guette, on les observe, tout en restant à distance. Les regards glissent sur elle, se détournent, s'accrochent à lui, avec des sourires de sympathie. On est avec toi, William, tu as notre soutien. Vous devez vous quitter. C'est triste, c'est vrai, mais vous ne pouvez pas faire autrement. Et voilà, le verdict est prononcé.

Julia et William se tiennent face à face, sur ce trottoir d'une avenue du VII$^{e}$ arrondissement. Chacun se cherche dans le regard de l'autre, ne s'y trouve plus. Leurs mains se détachent, qui ne ressentent plus rien.

Maman est rentrée seule à la maison. Le lendemain, pendant que j'étais à l'école, papa a rassemblé quelques affaires et a pris un train pour Londres. Il y vit toujours.

*

Ça devait arriver, et c'est arrivé. Ma mère a reçu pour moi une proposition d'engagement, je venais d'avoir douze ans.

Parce qu'elle s'était mal organisée, que le programme du jour était chargé, elle a suggéré à un metteur en scène tenace de lui déposer son script à la maison, le temps de prendre un verre. Maman était en retard, c'est moi qui ai reçu le « prétendant ». Il m'a déplu sur-le-champ. Il avait plaqué sur son crâne quelques mèches de cheveux honteuses qui soulignaient sa calvitie, à la manière de Giscard d'Estaing. Il répondait avec dédain, sans la regarder, à Leïla, notre domestique marocaine, qui lui demandait s'il désirait boire quelque chose. Il m'observait, moi, avec insistance.

Maman est arrivée, en tourbillon :

« Désolée, ah, ces taxis, ils sont impossibles, ils ne connaissent pas les bons itinéraires… Vous avez une voiture, Armand, vous conduisez dans Paris ? Non ? Eh bien, c'est vous qui avez raison ! On vous a servi à boire ? Que désirez-vous ? Un thé, un apéritif ? »

Le fourbe a accepté le thé offert par maman, alors qu'il avait dédaigné la proposition de Leïla. L'entrée virevoltante de la fée Julia l'a complètement transformé. Il était soudain maladroit, flatteur, impressionné. Son regard d'abord circonspect, qu'il avait promené sur les meubles, les livres d'art empilés sur la table, les bibelots posés un peu partout, s'est égayé comme par enchantement :

« C'est charmant, chez vous, tellement chaleureux et délicat en même temps, vous aimez y passer du temps, j'imagine… »

Raté, petit prétendant, Julia Beller n'aime pas les appartements, elle ne s'intéresse qu'aux maisons et aux jardins. Son appartement parisien était une obligation, une actrice célèbre ne pouvant vivre ailleurs que dans la capitale. Elle y avait réservé un espace pour sa secrétaire personnelle, le reste, c'était pour elle et moi : un grand salon, un petit salon pour la télévision et les séances de DVD, sa belle chambre où tout était blanc, une chambre d'amis qui n'était jamais occupée, et une jolie chambre pour son fils chéri inscrit à la meilleure école privée de la rive gauche.

Maman n'avait pas l'air de se rendre compte de l'obséquiosité de ce médiocre Armand. Elle était habituée à ce type de personnes et à leur comportement. Et je crois qu'elle s'en foutait. Il me semblait qu'elle n'aurait pas dû. C'était comme si elle s'éloignait lentement du monde, des gens, de la réalité elle-même. Armand et les autres (enfin, presque tous) étaient faux, parlaient un langage trompeur, tentaient de séduire ma mère parce qu'ils avaient besoin de sa notoriété, de l'attrait qu'elle exerçait sur le public. Son accord donné à un projet suffisait à concrétiser celui-ci. Elle était, comme tous l'affirmaient, une valeur sûre.

L'isolement. En réalité, elle était lentement condamnée à l'isolement. Sa cote empiétait peu à peu sur sa vie privée. Tant que sa popularité se maintenait, elle était une reine entourée de ses sujets. Personne ne contestait sa domination. Elle avait pris l'habitude qu'on acquiesce à ses propos, qu'on rie à ses traits d'humour, qu'on s'indigne avec elle, qu'on adore ce qu'elle aimait, qu'on déteste ce qu'elle n'aimait pas. Il n'y avait que papa et moi pour lui tenir tête. Papa ne vivait plus avec nous. C'était à moi de tenir bon.

Armand a demandé à maman son autorisation pour que j'incarne son fils dans le film qu'ils allaient faire ensemble. Après un temps d'hésitation, elle s'est adressée à moi :

« C'est toi qui décides, mon chéri. Le tournage aura lieu pendant les vacances, ça ne pose pas de problème. »

Je ne voulais pas. Ce n'était pas à cause d'Armand. Lui ou un autre, c'était du pareil au même. Armand insistait, il voulait me revoir, il me trouvait très photogénique. Qu'au moins j'accepte de faire des essais. Je me posais une seule question : est-ce que ça lui ferait plaisir, à elle, de m'avoir pour partenaire ? Je préférais ignorer la réponse.

Mon père et ma mère ont énormément de talent, ils sont inégalables, hors de portée. Emprunter leur chemin, c'était me mesurer à eux. C'était les avoir devant moi, autour de moi, au-dessus de moi, avec leurs ombres aussi protectrices que destructrices. Je ne voulais pas être un fils de stars, me faire connaître en accompagnant ma mère à des défilés de mode (ça vaut plutôt pour les filles), passer la journée à Roland-Garros (privilège des garçons) dans une loge VIP une casquette sur la tête puis rentrer à la maison avec un sac rempli d'habits de sport de marque, arpenter le tapis rouge du festival de Cannes, la main dans celle de maman tandis que des centaines de gens crieraient nos prénoms (le chargé de presse aurait communiqué le mien aux photographes)… Enfin être engagé en raison de mon patronyme, puis survivre dans ce métier parce que les portes s'ouvraient plus facilement devant moi que devant les autres… Non. Vraiment, non.

J'admire Julia Beller et William Harrison… rien ne les prédisposait au métier d'acteur, ils n'avaient pas de relations dans les milieux artistiques ni un physique éclatant ; lui était né à Coventry, issu de la *working class* anglaise, elle était fille de commerçants, recalée au dernier tour des examens du conservatoire et courant les séances de casting tout en travaillant comme vendeuse dans un grand magasin… loin du conte de fées. Et puis il y a eu quelques apparitions dans des films aujourd'hui oubliés, des petits rôles, jusqu'au jour où Julia a été approchée par un réalisateur italien, qui l'a engagée pour une pièce de théâtre mise en scène à Paris. Tout est parti de là. Pour William, ç'a été un film qui racontait le spleen et le *no future* de la jeunesse d'une grande ville du nord de l'Angleterre, Newcastle. Chômage, rock, délinquance, drogue, sexe. Le film a secoué les consciences de la bourgeoisie britannique – il y a même eu des bagarres dans les salles de cinéma – et a mis en lumière ses trois jeunes interprètes.

Leur rencontre, au début des années soixante-dix, les a magnifiés. Julia et William ont fait connaissance lors des essais de costumes et de maquillage pour un film d'époque dont ils devaient tenir les rôles principaux. Une histoire d'amour entre un soldat déserteur de l'armée anglaise et une jeune aristocrate française, au plus fort de la Grande Guerre. Peu de gens au départ croyaient à la réussite de ce film épique interprété par deux jeunes acteurs issus de milieux populaires, qui devaient faire oublier leurs origines, gommer leurs accents faubouriens respectifs et changer leur gestuelle, jusqu'à leur façon de se regarder. Mais ils avaient ça dans leur sang, exister, être reconnus, grandir, briller. Ils possédaient aussi une incroyable intuition pour saisir les moments clefs d'une vie, quand tout devient possible, que tout est à votre portée, et que chaque mouvement, chaque pensée doit participer à l'accession au but, à la réalisation des désirs.

Véronique, l'habilleuse de maman durant toute sa carrière, ne se lassait pas de me raconter la journée de la rencontre de mes parents, et je ne me lassais pas de l'entendre, comme si je la découvrais chaque fois. William, arrivé le premier, était déjà entre les mains de la maquilleuse quand Julia est entrée dans la salle. Leur premier échange de regards s'est fait à travers le miroir posé devant lui. Juste un sourire, une marque de politesse.

« *Excuse me, I should stand up…* »

D'un geste de sa main tendue, il a indiqué qu'il était contraint par la situation. On a alors appelé Julia, elle était attendue dans une autre pièce. Elle est sortie et s'est engagée dans le couloir. Dans la loge qui lui était réservée, elle a découvert les costumes de son personnage, Agathe de Fleuriant, alignés sur des cintres. Dans les souvenirs de Véronique, Julia s'est ensuite laissée tomber dans un fauteuil, sous le coup d'une fatigue subite. Elle n'a pas dit un mot et s'est mise à pleurer. Véronique s'est approchée d'elle :

« Qu'est-ce qui se passe ?

— Je ne sais pas, je ne suis pas triste… je n'ai aucune raison d'être triste. »

« Moi, j'avais compris », ajoutait chaque fois Véronique lorsqu'elle me racontait la scène. « Ta mère venait de tomber amoureuse, violemment. »

Julia n'a pas voulu, à ce moment-là, essayer de comprendre, ou d'analyser. Elle n'avait jamais cru à ces situations renversantes qui font perdre pied et échappent à tout contrôle. Ses histoires d'amitié et d'amour avaient jusqu'alors obéi à une progression raisonnée, où la connaissance de l'autre s'approfondissait au fil des jours. Elle laissait passer le temps, s'en remettant à lui pour éprouver la solidité des premières sensations, souvent éphémères. Ces quelques secondes dans la salle de maquillage avaient balayé sa prudence, la laissant sans défense. Elle s'était sentie envoûtée par la prestance de William, son regard qui entrait en elle, sa main suspendue comme pour la saisir tout entière. William avait su, au même instant, que son existence allait être bouleversée, et il avait décidé d'être prêt.

Sur les exigences du réalisateur, la chronologie du scénario a été respectée autant que possible. Scènes d'exposition qui encadraient et définissaient les personnages, décrivaient leur rencontre, l'évolution de leur relation, jusqu'au moment où la passion se déclarait. Conscients qu'ils n'échapperaient pas plus à leur destin amoureux que les personnages qu'ils incarnaient, Julia et William ont suivi avec une délicieuse impatience les méandres du récit sentimental tramé par les scénaristes, car ils en savaient l'issue. De peur de devancer leurs personnages, l'un et l'autre se tenaient à distance, évitant les regards prolongés, affichant des gestes et des réflexes de pudeur. Le secret qui les guidait était leur : que personne ne le voie, ne le leur vole. Ils ne se déroberaient pas, ils voulaient jouir de l'attente, des moments qui précèdent l'abandon et en augmentent le plaisir. Après, ce serait une autre histoire.

Le jour est finalement arrivé où Agathe, la jeune femme interprétée par ma mère, rejoignait, dans les combles du manoir Lawrence, le soldat déserteur qu'elle avait caché et protégé à l'insu de sa famille. Agathe et Lawrence. Julia et William. Après avoir longtemps tergiversé, le réalisateur et son chef-opérateur avaient opté pour le tournage de cette scène en décor naturel, plutôt que pour un aménagement en studio. Maman m'a dit un jour que ce genre d'hésitation, d'indécision, est la marque du trouble, du trac des metteurs en scène face à une scène clef, centrale, qu'ils doivent absolument réussir, celle où le film vous emporte et vous lie aux personnages. Dans le cas contraire, le film s'éloigne et laisse les spectateurs sur le rivage, indifférents.

À la demande expresse du metteur en scène, les techniciens ont évacué le plateau pendant la répétition de la scène d'amour entre Agathe et Lawrence. N'assistaient à la mise en place que le chef-opérateur et l'ingénieur du son. Julia et William ne disaient pas un mot, ils accompagnaient le réalisateur dans sa recherche. La main de William sur le cou de Julia… les visages s'approchant, les lèvres se frôlant, les bustes collés l'un à l'autre, leurs corps basculant sur le plancher, les mains soulevant la robe, les regards ne pouvant plus s'éviter, leurs mains sur leurs peaux… Tous deux ont eu l'impression d'entendre les battements de leurs cœurs, bien plus impudiques que leurs peaux dévoilées par la lumière.

Le déroulement de la scène avait été défini, son exécution était désormais l'apanage des interprètes, ils inventeraient des gestes, une rythmique, une durée. Le metteur en scène avait proposé aux acteurs de jouer la scène à leur guise, en un seul plan, en temps réel. Julia a demandé qu'il n'y ait pas de répétition, qu'on tourne tout de suite. William et Julia ont assuré trois prises, très différentes. La dernière a semblé parfaite au réalisateur et au cameraman, l'émotion étant venue s'ajouter au désir. On a envisagé de faire une quatrième prise, avant d'y renoncer. La scène était en boîte.

William et Julia restent assis sur la couverture, dans le coin, sous la lucarne, où ils se sont longuement étreints. Ils gardent leurs mains jointes. Ils sont à moitié dévêtus, Véronique dépose un peignoir sur leurs épaules. L'équipe technique quitte les combles du manoir, chargée des caisses de matériel. C'est l'heure de la pause déjeuner. Julia s'adresse à Véronique, qui les attend devant la porte :

« Sors, Véronique, s'il te plaît, laisse-nous. »

L'habilleuse s'éloigne. Julia se lève et ferme la porte.

Plus tard, Véronique m'a confié : « J'avais jamais vu ça sur un tournage… Elle est comme ça, ta mère, elle se fichait bien de ce qu'on pouvait penser. Les techniciens ont respecté leur attitude. Tu sais, ce qui se passe sur un plateau de cinéma appartient au plateau. Je crois que personne de l'équipe n'est allé raconter cette journée, et ce qui était arrivé. »

À la fin du repas, personne n'osait remonter dans la pièce, où on avait laissé la caméra. Le metteur en scène y est allé, seul. Il a entrouvert la porte, a trouvé Julia et William endormis l'un contre l'autre. Il a allumé la caméra, l'a dirigée sur eux, a hésité un moment. Puis il a mis le moteur et tourné quelques images. Véronique l'a rejoint à ce moment-là. Le réalisateur lui a chuchoté :

« Je vais faire développer cette bobine à part, personne ne verra ces images. Sauf eux, je les leur donnerai… »

Le lendemain, Samantha, l'épouse de William, est arrivée à Paris, ce qui n'était pas prévu. Elle s'est aussitôt rendue sur les lieux du tournage. Si elle avait des soupçons, elle n'avait pas de preuve de la liaison naissante de William et de Julia. Elle la redoutait, peut-être. L'équipe entière était complice de cette histoire d'amour secrète. Ils aimaient le talent des deux jeunes gens, leur attitude chaleureuse, leur simplicité. Tous deux étaient de ces acteurs qui savent que chacun des techniciens a son rôle à jouer, son importance, et ils étaient attentifs à la participation de tous.

Quelle épreuve cela a dû être pour la femme de William : c'est cruel, un plateau de cinéma. Soit on y joue un rôle, soit on est mis à l'écart, qui que l'on soit. Samantha est restée jusqu'à la fin du tournage. L'attitude de Julia ne laissait rien transparaître, ni jalousie ni déception. Ils ont joué d'autres scènes d'amour, et Samantha attendait la fin des prises de vues dans la loge de son mari.

Une fois le film en boîte, William est rentré en Angleterre avec elle. Une semaine plus tard, il est revenu à Paris, il s'est installé avec Julia. Les journalistes l'ont su, cela a fait couler de l'encre. Ils se sont protégés et ont refusé toutes les interviews, toutes les demandes de reportage. Cela a aussi créé une forte attente autour du film. Ce qui jusque-là était caché allait être visible à l'écran. Le film était réussi, le succès a été immédiat. Il a fait de Julia et William des vedettes populaires. La renommée du film a dépassé les frontières, ils sont allés le présenter un peu partout dans le monde. Ils ne se quittaient plus. On s'est mis à les trouver beaux.

Le « truc » de ma mère, c'est son allure. Elle entre dans une pièce où se trouvent plein de jolies femmes, et elle leur dame le pion. Les hommes – les femmes aussi, d'ailleurs – la regardent passer, avec son élégance naturelle, son port de tête, sa chevelure brune. Si vous vous approchez d'elle, vous tombez sous le charme de ses yeux verts, à la fois sombres et lumineux. Si elle vous apprécie, spontanément, elle vous sourit. Et là, dans cette assemblée, vous ne voyez plus qu'elle. Mon père m'a dit qu'elle était la personne la plus photogénique qu'il ait rencontrée. Son visage capte la lumière et la caméra semble l'aimer. Ce n'est pas un talent, c'est un don.

Mon père, lui, a dû naître un peu trop tard, il aurait fait un superbe voyou dans ces films anglais des années soixante, écrits par les *angry young men* et réalisés par les tenants du *free cinema.* Ce genre de rôles joués par Albert Finney et Richard Harris. Des types qui, comme mon père, séduisaient par leur intensité physique et leur insolence, leur rébellion à fleur de peau.

Moi, je les ai dans le sang, Julia et William. Mais pas leurs désirs, la reconnaissance, la notoriété, la gloire. J'ai cherché les mots que je devais dire à ma mère pour qu'elle comprenne que mon refus de jouer dans un film valait non seulement pour la demande d'Armand, mais aussi pour celles qui peut-être suivraient. Je l'ai regardée en souriant et je lui ai dit :

« Ça finit mal, quand tu tournes avec tes proches… »

On n'en a plus jamais reparlé.

Le tournage sous la direction d'Armand le médiocre s'est mal passé. Le partenaire principal de ma mère était un jeune acteur d'une vingtaine d'années, sélectionné après de longues recherches. Maman avait fait les essais avec les trois jeunes gens retenus. Il semblait que l'un d'eux s'imposât, mais Armand en avait choisi un autre, arguant de sa seule conviction de metteur en scène. Cette fameuse conviction correspondait surtout à un coup de foudre d'Armand pour ce jeune homme, à qui il a fait vivre un tournage infernal, en le harcelant et le suivant certains soirs jusqu'à son domicile, n'hésitant pas à tambouriner pendant des heures sur sa porte qui restait close.

Julia a donc été délaissée par son metteur en scène, lequel n'avait pourtant réussi à faire exister son projet que le jour où elle-même s'y était engagée. Dans ce type de situation, ma mère est admirable : elle ne se plaint pas, elle ne se bat pas, elle n'argumente pas. Elle arrive à l'heure, elle connaît son texte par cœur, elle suit les instructions du réalisateur (quand il y en a), elle fait le nombre de prises demandées, elle est délicate et précise avec ses partenaires, elle s'enquiert chaque matin de la bonne santé des techniciens de l'équipe.

Dès l'annonce de fin de tournage, elle filait dans sa loge avec Véronique. Elle se changeait rapidement et rentrait à la maison, où la première chose qu'elle faisait était de se précipiter dans ma chambre et de me serrer dans ses bras, en oubliant qu'elle n'avait pas retiré son maquillage d'actrice. Elle m'entraînait alors dans la salle de bains et nous démaquillait tous les deux. Un soir, en me regardant dans le miroir, elle m'a dit :

« Tu avais raison, pour Armand... Il n'en vaut pas la peine. »

Moi, je vous remercie, Armand. Vous m'avez fermé la voie. Afin que s'ouvrent toutes les autres. Au premier regard, je vous ai démasqué : séduire le môme pour attraper la mère. Je n'étais à vos yeux qu'un prétexte, un calcul. Et si je n'y avais pas pris garde, j'aurais vécu longtemps sous cette dépendance, avec mon identité de fils unique de deux grands acteurs.

*

Je me souviens d'avoir un jour rejoint ma mère sur un tournage en Égypte pendant les vacances d'été, je venais d'avoir quinze ans. Son rôle était celui d'une architecte en mission à Alexandrie. Les décorateurs avaient travaillé avec sérieux sur la recherche des lieux, leur aménagement, les accessoires, les outils. Je passais des heures entières à regarder les planches de dessins, les instruments de mesure, les photographies. Dans cet espace dominant la mer Méditerranée, un décor éphémère, je me sentais chez moi.

J'avais, grâce à mon père et à ma mère, eu l'occasion de me familiariser avec un tas de métiers, ceux exercés par leurs personnages, comme si j'avais participé à des stages privilégiés. Tous deux rapportaient souvent à la maison de la documentation fournie par les assistants du réalisateur, ce qui les aidait à appréhender les professions concernées. Ils avaient été policier, ministre, musicienne, médecin, anthropologue, coureur de fond, *call girl*, journaliste de radio, couturière, pilote d'avion, mareyeur, et j'en passe.

Les acteurs gardent en eux des traces de leurs personnages, de leur apparence et aussi de leur intériorité. Ils ne le font pas par choix, c'est un processus naturel qui s'opère au fil du temps. Il arrive que des personnages qu'ils n'ont pas aimés au moment de les incarner vivent en eux plus longtemps et plus intensément que ceux qu'ils revendiquent. Ils en conservent les attitudes, les phrases, les comportements, jusqu'à la manière de penser. Une situation complexe à affronter, une décision à prendre, et le souvenir d'un héros ou d'une héroïne qui y a été confronté les guidera vers la position à défendre.

Comme s'ils lançaient un appel à l'aide en direction de personnages qui leur ont été si intimes. Là est le secret des phrases bien senties que ma mère décoche parfois sans prévenir, aussi bien à des amis proches qu'à des importuns.

Pour ma part, j'ai jeté mon dévolu sur les métiers de l'urbanisme et de l'architecture. Ma mise en scène à moi. Organiser l'existence des hommes et des femmes, écrire leur histoire à travers les espaces où ils vont vivre, travailler, respirer, se divertir. Imaginer chaque étape de leurs journées, se fondre en eux pour dessiner le monde autour. Un urbaniste est à la fois un médecin et un prophète, qui prend soin de la ville et de ses habitants et qui inscrit son œuvre dans la modernité, mais sur les traces du passé. Je travaille dans l'ombre et ne réclame pas la lumière.

Ma mère a voulu que je m'appelle Mickael Beller-Harrison. Le jour de mes dix-huit ans, je l'ai informée de ma décision : je serais Mickael Harrison. C'est un nom très répandu dans tous les pays du Commonwealth, une garantie de discrétion, presque un anonymat. Je ne prenais qu'un seul risque : qu'on me demande si j'avais un lien familial avec George Harrison, mon chanteur préféré des Beatles.

J'ai fait de mon mieux pour brouiller la piste de mon ascendance. J'ai émigré en Australie après l'obtention de mes diplômes universitaires à

Londres. Je vis aujourd'hui dans la ville de Perth, c'est ma base. J'ai ouvert des bureaux à Kuala Lumpur, Singapour et Sydney. J'ai épousé une métisse, de père australien et de mère chinoise. Nous avons deux enfants, que maman ne voit presque jamais. Ils connaissent mieux mon père. Je pense souvent à ma mère. Parfois elle le sait, parfois non.

Nous avons mis en place des barrières financières, pour sa protection. Nous sommes quatre gardiens : Lucas, son agent, Véronique, son habilleuse, mon père et moi. Lucas a été le premier à tirer la sonnette d'alarme, il y a longtemps. Julia Beller gagnait beaucoup d'argent ; elle en dépensait encore plus. Lucas a proposé que son administrateur prélève directement cinquante pour cent des revenus de ma mère, afin d'assurer le paiement de ses impôts. Que la débâcle financière qui frappait bien d'autres acteurs, d'autres artistes, soit épargnée à Julia. Redressements fiscaux, visites d'huissiers, confiscations de biens.

Je n'ai jamais réussi à comprendre comment ma mère parvenait à dépenser autant d'argent. Alors même qu'elle se déplaçait dans le monde entier sans débourser un centime, aux frais de distributeurs étrangers, de sociétés internationales d'événementiel, de grandes marques de luxe qui la sollicitent pour porter leur griffe. Il y avait bien quelques signes visibles : le fait qu'elle change entièrement la décoration de ses appartements successifs tous les deux ans, qu'elle vende sa maison à la campagne le jour précis où elle en avait terminé l'aménagement pour en acheter une autre, plus grande, plus onéreuse, où tout était à refaire… Et les objets, les services de table, les tapis, les châles, les lampes, les tableaux (des croûtes, souvent), les miroirs, les consoles, les coupelles, les porcelaines, les cendriers, les chinoiseries, les fume-cigarette, les vases chinois, les tissus du Ghana, les coupe-papiers, et les bijoux, oh là là, les bijoux, les vrais, les faux, les clinquants, la pacotille, avec une préférence pour le jade de Birmanie…

Un jour où elle m'avait demandé, une fois de plus, de ranger et de vider ma chambre parce qu'elle comptait faire repeindre tout l'appartement, je lui ai rétorqué qu'il n'était peut-être pas urgent de renouveler des peintures datant de moins de deux ans, et elle m'a répondu :

« Je viens de refuser trois propositions de films inintéressantes, il me faut bien un projet personnel… »

Cette fois encore, c'est Lucas qui alerte notre petit conseil de surveillance. Julia Beller est, nous annonce-t-il, sous influence. Elle a ouvert le Château des pommes à des gens dont elle a récemment fait la connaissance et qui, d'après certaines sources, s'y seraient installés.

# Julia

Tout se passe tellement vite, comme un film en accéléré où ne serait raconté que l'essentiel, les quelques événements décisifs modifiant la trajectoire des personnages.

Peu de temps après l'épisode du baleineau, Lucas m'informe qu'il a été contacté par un navigateur, Loïc Quérec, et que celui-ci aimerait faire de moi la marraine de son nouveau voilier.

« Je n'ai aucune opinion, ma chérie, sur ce genre de demandes, il faudrait seulement savoir si c'est à titre gracieux ou pas, au cas où tu accepterais... Tu veux que je le renvoie vers Guido ? C'est plutôt son terrain... »

Lucas déteste s'occuper des affaires parallèles des actrices, de nos ménages. Il met un point d'honneur à tout faire dans les règles. Il ajoute :

« Ce M. Quérec dit qu'il te connaît bien, que vous avez travaillé ensemble et qu'il serait heureux de te revoir... »

Le persiflage amusé que je perçois dans la voix de mon agent me rappelle qu'il a une mémoire incroyable, et fidèle. Oui, Lucas, j'ai eu une aventure avec Loïc Quérec. Un homme charmant, même s'il n'était pas le meilleur des amants. Je l'ai connu au cours du tournage d'un film très nettement inspiré du chef-d'œuvre d'Antonioni, *L'Avventura.* Des couples en vacances, une croisière dans les îles grecques, et un personnage, le mien, une femme skipper qui va être le révélateur du mal-être de ces hommes et de ces femmes enfermés dans leur mode de vie conventionnel. Un sujet ambitieux, un producteur et un réalisateur qui ne l'étaient pas assez. Il fallait pour le rôle que je pilote le voilier avec assurance et habileté. Le directeur de production avait engagé Loïc pour qu'il m'enseigne les rudiments de ce sport, et aussi pour être présent sur le tournage en tant que conseiller technique, afin de me guider dans chaque manœuvre – tenir la barre, virer de bord, choquer la grand-voile, se mettre à la cape, mouiller l'ancre.

Je n'avais pas encore quarante ans, William et moi venions de nous séparer, j'étais seule. Mon costume principal était un short en jean surmonté d'un tee-shirt blanc. J'avais fait un séjour de thalassothérapie à Quiberon pour être au meilleur de ma forme, et c'est là que Loïc était venu me rencontrer pour la première fois. Je ne lui avais guère prêté attention, je l'avais même un peu éconduit, sans gentillesse, quand il avait voulu m'enseigner les notions techniques de base de la voile. Nous

nous sommes retrouvés dans les Cyclades, où il a accompli sa tâche avec beaucoup de sérieux. Il voulait être à la hauteur de sa mission, veiller à la cohérence et à l'exactitude de mes actions à bord. Les acteurs qui jouaient les vacanciers avaient été remarquablement choisis et se sont vite révélés aussi ennuyeux que leurs personnages. Ma renommée les attirait comme des papillons de nuit la lumière, et quelques-uns tentaient, avec maladresse, de nourrir une camaraderie avec moi. Ça ne me plaisait pas, mais je ne pouvais chaque soir éviter de dîner en leur compagnie.

J'ai demandé au régisseur du film de me préparer une cabine sur le voilier. Cela m'aiderait pour le rôle – vivre réellement à bord, et y passer mes nuits. Une demande de la vedette principale ne se discute pas. Loïc dormait là, lui aussi. Comme souvent, j'ai dû faire le premier pas, lui faire un signe. Certains hommes sont impressionnés par le statut des actrices connues, je crois qu'ils craignent de ne pas être à la hauteur, je ne sais pas de quelles prouesses sexuelles ils nous soupçonnent ou nous gratifient. Quand nous étions un peu fatigués de l'inconfort de la cabine, nous nous glissions dans l'hôtel en empruntant la porte de service et les cuisines afin de regagner ma chambre.

J'ai revu Loïc lors de la première du film, nous avons échangé quelques propos banals. Nous n'étions plus dans les Cyclades, chacun avait repris sa route.

Je réponds à Lucas :

« Non, ne l'envoie pas à Guido. Dis-lui que je vais l'appeler moi-même, laisse-moi son numéro… c'est pressé, son affaire ? »

Dès que Loïc reconnaît ma voix au téléphone, il adopte un ton et des propos qui reflètent une grande complicité qu'il n'y a jamais eu entre nous, comme si notre liaison avait été importante. J'entends une conversation dans la pièce où il se trouve, un open space probablement. C'est pour ses collaborateurs qu'il frime.

Il vient à la maison. Il s'étonne de ne pas avoir eu connaissance jusqu'ici de l'existence du Château des pommes, alors qu'on peut l'apercevoir de la mer. Je l'interromps :

« Qui t'a lâché ? Et pourquoi ? »

Je ne veux pas perdre de temps. Le baptême du bateau a lieu dans deux semaines, il est clair que le parrain ou la marraine initialement prévu s'est désisté. Étienne, un écrivain touche-à-tout, mondain, léger et assez couard, a effectivement renoncé à être parrain, car on l'a persuadé que les Émirats arabes unis étaient actionnaires de la compagnie de BTP qui sponsorise le voilier. De quoi, me dit-on, se faire laminer sur les réseaux sociaux. Tout ça n'entre pas en ligne de compte pour moi, je m'en fiche bien, mais la tentation est grande de refuser, de refermer la porte à cette proposition, et à d'autres peut-être à venir. Me tenir tranquille, à l'écart. Jusqu'au jour où l'on ne me demandera plus rien, et où ma quiétude ne sera plus un choix, mais une retraite imposée par le monde extérieur.

Je ne sais pas si l'accueil qu'on me réserve à mon arrivée au Nautilus est spontané ou le fruit d'une concertation. J'ai opté pour une tenue simple, tailleur souple de couleur noire, chemise blanche. Une silhouette androgyne. Des verres légèrement fumés, qui protègent sans vous couper du monde.

Loïc m'attend devant l'entrée du café où frayent tous les plaisanciers de la région depuis que la marine nationale a quitté cette zone réservée, désormais ouverte à diverses activités de commerce et à la pratique de la voile. Béton, verre, aluminium, un lieu à la mode, bordé par le quai et les pontons où mouillent les embarcations.

Loïc me présente un homme et une femme qu'il qualifie de partenaires, je ne retiens ni leurs noms ni leurs visages. J'ai appris, depuis longtemps, à faire semblant d'être là, à relancer avec habileté une conversation qui ne m'intéresse pas et que je n'écoute même pas. Ce n'est pas de la condescendance ni de la prétention, il s'agit d'un réflexe de protection. Les paroles de tous ces gens croisés par hasard arrivent comme des vagues qui peuvent vous engloutir et vous couler si vous avez la politesse d'entrer dans un vrai échange. Il arrive qu'au milieu de ces brouhahas, une voix, des mots se distinguent : alors vous cherchez un visage, un regard, et là, peut-être faites-vous réellement connaissance avec quelqu'un, à qui vous offrez plus que votre simple apparence. En attendant, je pratique l'attention flottante, concept cher aux psychanalystes. La parole coule comme une rivière paresseuse, que les pierres à fleur d'eau font parfois frissonner, tels les mots qui s'échappent de la bouche en heurtant les lèvres.

Il y a un début d'applaudissements, puis tout le monde tape dans ses mains jusqu'à ce que je parvienne à la table qui nous a été préparée. J'ai gardé les bons réflexes : me tourner vers la salle, sourire, lever la main avec discrétion en remerciement de cet accueil. C'est à ce moment-là que je vois, ornant le mur au-dessus du bar, cette photographie de mon exploit – le sauvetage du cétacé. Un agrandissement, d'assez bonne qualité, de celle qui circule sur les réseaux sociaux. Je suis donc adoubée à la fois par les champions de voile et par les défenseurs de l'environnement.

Nous sommes sortis sur le quai, où le voilier de Loïc a été mis en cale sèche. Il a fallu trois tentatives avant que se brise sur la coque le magnum de champagne. On fait des photos pour la presse sportive, Loïc me serre contre lui. Les sponsors me remercient, encore et encore – votre présence et votre gentillesse sont de tels cadeaux, disent-ils entre les lignes, quelle chance que le lâche petit écrivain parisien ait abandonné le navire.

C'est un bel après-midi, j'ai eu raison de venir, je me sens bien. Les gens me regardent, je vois leurs lèvres remuer, je n'entends pas leurs mots, mais je sais ce qu'ils disent. Ils commentent mon allure, mon élégance, mentionnent un film, un rôle, et le couple si glamour que nous formions, William et moi ; ils évoquent cette rumeur selon laquelle nous allons à nouveau vivre ensemble, on aurait d'ailleurs aperçu William Harrison dans le parc du Château des pommes. Certains ajoutent que je suis la dernière des grandes comédiennes qui les ont fait rêver, ils aimeraient s'approcher et me le dire, ils n'osent pas, ils redoutent d'être un peu ridicules. Vous ne le seriez pas, au contraire, je serais si heureuse de vos paroles, je comprends votre embarras, et je vous remercie de vos regards qui en disent long malgré vos silences.

Nous retournons à l'intérieur du Nautilus. Il faut trinquer. Il y a longtemps que je ne bois plus aucun alcool avant l'heure du dîner. L'un des participants me demande en anglais comment ça va, depuis l'autre jour. Je le laisse dire une ou deux phrases avant de l'identifier : c'est l'un des kayakistes qui sont intervenus à mes côtés. Il portait ce jour-là gilet de sauvetage et casquette à visière, qu'il a troqués aujourd'hui contre un blazer et une cravate.

Nous avons un sixième sens, nous, les acteurs. Sentir qu'un regard se pose sur nous. Sans savoir d'où il vient, nous en ressentons l'intensité, la bienveillance ou la malveillance, nous savons s'il exprime le désir ou l'indifférence. J'ai passé tant d'heures, tant de jours sur des plateaux de cinéma, offerte à l'attention et aux regards des techniciens qui fabriquent les films. Au bout de quelques jours de tournage, je sais ceux auxquels je plais, ceux que je séduis. Je sais aussi ceux qui n'éprouvent pas d'attirance pour moi. Et puis arrive le moment où je ressens qu'il se « passe quelque chose » : il suffit d'un regard échangé, une parole brève, un ajustement technique qui nous met côte à côte quelques instants, et je ressens cette émotion, douce et réconfortante, d'un plaisir partagé, celui d'être ensemble. Nous nous verrons chaque jour, nous ne nous parlerons pas, et pourtant je jouerai pour lui, ou pour elle. Il arrivera, au cours du tournage d'une scène forte, que j'entrevoie dans ses yeux une émotion aussi intense que celle qui fait vibrer mon personnage. Lorsque approchera la fin du tournage, nous serons saisis de la même nostalgie. Et le dernier jour, je l'éviterai, il m'évitera, nous n'échangerons pas de paroles d'au revoir.

Un serveur vient à notre table, y dépose des coupelles remplies d'olives. Je n'ai pas le temps de voir ses yeux, juste une légère zone claire dans ses cheveux noirs. Il se redresse, je le reconnais aussitôt : c'est mon visiteur du soir de pluie ! L'autre rescousse. Nos regards se croisent un bref instant. Nous échangeons un sourire. C'était lui, mon sixième sens, cet après-midi.

Le chauffeur mis à ma disposition me reconduit au Château des pommes. J'ai gentiment décliné l'invitation à dîner de Loïc et de ses partenaires. Il faut savoir apparaître, il faut aussi savoir disparaître. Ne pas assécher le désir des gens. Après une longue soirée en ma compagnie, ils auraient l'impression de me connaître, penseraient que je leur suis désormais familière, et ils parleraient de moi comme d'une personne sympathique, ou accessible. Je ne veux être ni l'une ni l'autre. J'ai choisi cette même attitude dans mon travail d'actrice. Je tente chaque fois, et il arrive que cela crée un conflit avec le metteur en scène, de ne pas livrer mon personnage en entier. De protéger sa part d'ombre, ou de mystère. De laisser un doute aux spectateurs sur ses motivations, son comportement ; qu'ils aient leur propre chemin à faire vers moi. Je pourrais dire de cette manière de jouer qu'elle est impressionniste, que je cherche à susciter auprès du public des impressions, pas des certitudes.

J'ai eu une longue conversation avec Romy Schneider à ce sujet, au festival de San Sebastian. Nous ne nous connaissions pas. Elle était venue vers moi spontanément, avec fougue et timidité. Tout en contradictions. Nous avons parlé très longtemps, elle disait être admirative de mon jeu d'actrice, de ma réserve. Son ton a changé au cours de la soirée, peut-être à cause de la fatigue, ou d'un verre de trop. Elle est devenue accusatrice, retournant contre moi cette réserve :

« Il ne faut rien garder, tout donner, tout lâcher, Julia, c'est ça que le public attend de nous. »

Je ne lui ai pas tenu tête, je n'aurais pas su trouver les mots justes. Ni lui dire les pensées qui filaient dans ma tête : tu es une femme blessée, ma belle Romy, ton immense talent, c'est aussi ta souffrance, ton passé, ton histoire, dont tu nourris et enrichis chacune de tes interprétations. Être et jouer, pour toi, c'est la même chose. Moi aussi, je t'admire, comme on s'incline devant ceux qui accomplissent des choses dont on se sait incapable.

Je franchis la grille d'entrée et me dirige vers la maison. Je m'arrête devant le massif d'hortensias où s'était réfugié le jeune serveur. Je ferme les yeux un moment, des images glissées sous les paupières. Voilà pourquoi je n'ai pas eu peur de lui, malgré la nuit, la pluie, l'isolement de la propriété. J'ai déjà vécu cette scène, il y a longtemps, dans un film qu'on tournait à Strasbourg et dans ses environs, une coproduction franco-germanique. L'histoire d'un jeune terroriste allemand, dans les années soixante-dix, qui réussit à passer la frontière et vient se cacher dans une grande maison aux abords d'un village d'Alsace. C'était moi, enfin mon personnage, qui le découvrais, terré au fond du parc.

Les images de cette rencontre inopinée et dangereuse déboulent dans ma tête. J'ai agi comme l'héroïne : du sang-froid, l'entrée dans la maison, soigner la blessure… Dans le film, le jeune homme repartait au milieu de la nuit. C'est ce qu'a fait mon réfugié aussi. Le cabanon du parc était vide au petit matin.

*

Quelques jours plus tard, le jeune serveur se présente, en pleine lumière cette fois, à la grille du Château des pommes. Le jardinier, en train de pailler les massifs plantés, n'a pas l'intention de laisser entrer cet importun, et lui affirme que je suis absente, en voyage loin d'ici. J'entends leurs voix, je sors et m'avance jusqu'au portail, que j'invite le jeune homme à franchir.

Je préfère ne pas le faire entrer à l'intérieur de la maison. Je revois les gouttes de son sang sur les carreaux.

Nous nous asseyons sur la terrasse devant le salon, d'où le terrain glisse en pente douce jusqu'aux vergers des pommiers, prolongés par la lande et l'océan scintillant de gris sous un ciel indécis. Il a le visage tourné vers le paysage, dont l'immensité semble presque l'oppresser. Il me le confiera un autre jour, mais il découvre à ce moment-là cette sensation de s'approprier, d'un regard, des espaces, juste parce qu'ils s'étendent devant nous. Il a dû quitter très tôt le cabanon du parc la première fois, avant le lever du jour, car l'innocence dans ses yeux montre qu'il voit le domaine pour la première fois.

« Je voulais vous remercier… »

J'acquiesce, avec un léger sourire. Je suis sur mes gardes, je maintiens une distance.

« Qu'est-ce que vous fuyiez, ce soir-là ?

— Une histoire de trafic (il baisse les yeux)… de came, une embrouille avec une autre bande… Vous inquiétez pas, on est des tout petits dealers, c'est juste pour pouvoir payer notre conso… »

Je ne m'inquiète pas. J'ajoute :

« C'est la police qui vous recherchait, pas d'autres voyous. »

Il redresse la tête, il sourit.

« L'autre fois, vous m'avez tutoyé, j'aimais mieux. »

Je dois faire attention, savoir qui de nous deux est en train d'écrire notre drôle d'histoire, je dois garder la main, ne pas me laisser dépasser. Je me tais, j'attends.

« La police est arrivée quand y a eu l'embrouille. Je pense qu'on a été balancés…

— Vous n'avez rien caché ici ? »

Il fait non de la tête.

« Je savais pas qui vous étiez… j'ai été voir sur le Net. Personne pourrait croire que c'est vous qui m'avez planqué… Qu'est-ce que je peux faire pour vous ?

— Vous ne pouvez rien faire pour moi… »

Et voilà, nous avons fait le tour de la question. Il comprend que la conversation est finie, il se lève le premier. Nous passons devant la pièce où j'ai installé mon bureau, la fenêtre est ouverte. Je l'arrête d'un mouvement du bras, me tourne vers lui.

« Vous vous y connaissez en ordinateurs ? »

J'ai un coach particulier, au sein d'une société de services, pour tout ce qui touche à l'utilisation de portables, d'ordinateurs et de tablettes. Je n'arrête pas de le déranger pour régler des dysfonctionnements que les gamins d'aujourd'hui résolvent en quelques secondes. Je vais éviter de l'importuner une fois encore.

Nous entrons dans le bureau. Des livres, des DVD, des photographies emplissent les étagères. Le jeune homme a l'air impressionné, ses yeux ne trichent pas. Je lui désigne le bureau.

« Je ne sais pas ce qui se passe, tout est bloqué, et plus de connexion. »

Il ne répond pas, ne demande rien, observe les prises, les branchements. Il se penche vers les fils et les câbles.

« Je peux ?

— Oui, allez-y. »

Il appuie sur les interrupteurs et débranche chaque prise.

« Souvent, ça suffit. Tout couper et relancer. C'est juste des petits bugs. »

Il ajoute qu'il faut attendre quelques instants. Nous ne nous regardons pas.

« Moi, je sais votre nom. Vous, vous savez pas le mien, vous me l'avez pas demandé. »

Il est fort, ce gamin, il est habile. Il faudra que je fasse attention.

« Mon nom, c'est Abdul. Mon père est venu de Turquie travailler ici, dans le bâtiment. Il a rencontré ma mère, ils se sont mis ensemble. Il est reparti chez lui, il reviendra pas. Ma mère a voulu que je change de nom, j'ai pas voulu, je le garde. »

Il se baisse, rebranche les fils. Il allume l'ordinateur. Il me laisse la place.

« Il faut taper votre code. »

Il se détourne, je tape sur le clavier. Tout est là de nouveau, le triangle d'Internet dans son coin, là-haut, tout fonctionne.

*

J'ai suivi, sans y prêter grande attention, le déroulement de la course Plymouth-Boston, dans laquelle le voilier de Loïc est engagé. Je ne peux échapper à l'intensité dramatique des dernières heures de l'aventure : tous les médias la relayent. Après des journées en mer, Loïc et l'un de ses adversaires, un Britannique, bataillent pour la victoire, à quelques centaines de mètres l'un de l'autre. Ils naviguent tout en s'observant.

Le sprint tant attendu n'a pas lieu. Le bateau du concurrent anglais est renversé par une vague. Si j'ai bien compris, à cette distance de l'arrivée, Loïc pourrait filer droit devant jusqu'au port de Boston, car les secours peuvent arriver rapidement auprès du voilier chaviré. Mais il choisit d'observer le code d'honneur des marins. Il sort de sa trajectoire pour rejoindre le naufragé, et après une manœuvre difficile, le prend à son bord. Ce qui le disqualifie pour le classement. Ce qui le grandit, aussi.

L'accueil réservé à Loïc et à son infortuné compagnon à l'arrivée est beaucoup plus spectaculaire et enthousiaste que celui reçu par le vainqueur officiel. Pour les sponsors, c'est le scénario idéal. Le nom de leur entreprise, inscrit sur les voiles et la coque, est désormais connu du monde entier. Ils ont décidé de capitaliser sur l'événement. Tout le monde sur le pont.

Je reçois leur appel un soir, alors que je viens de dîner :

« Julia, nous vous avons réservé un vol demain matin pour Paris. Nous vous attendrons dans la zone d'embarquement, et ensuite, vous partez pour Boston avec nous. »

Je ne compte plus les voyages éclair de ce type j'ai faits au cours de ma carrière. Quitter Paris pour le bout du monde, être entraînée, à peine débarquée, dans une réception officielle, me mettre au lit sans avoir sommeil malgré une fatigue écrasante, me réveiller hagarde en me demandant l'espace d'un instant où je me trouve, accueillir la maquilleuse, le coiffeur et la styliste dans le salon de ma suite, puis enchaîner une longue série d'interviews pour les médias locaux avec l'aide d'un traducteur... Ma présence était souvent réclamée pour la promotion des films dont des distributeurs étrangers avaient acheté les droits, et sollicitée aussi par les marques avec lesquelles j'étais sous contrat et dont j'étais l'égérie. Je répondais aussi bien à des questions sur mes rôles qu'à d'autres sur la beauté, l'élégance, sur la manière d'affronter les années qui passent (on avait écrit à mon propos : « *The most beautiful movie star at aging* »).

Cette fois-ci, c'est la chargée de communication américaine qui a conseillé aux sponsors de la course Plymouth-Boston de m'emmener avec eux. Melody a fait un relevé précis de tous les articles de presse, commentaires audio et citations sur les réseaux sociaux concernant l'événement : elle a noté que mon nom était mentionné deux fois sur trois, en tant que marraine du voilier. Elle a plaidé que Julia Beller était une des rares comédiennes françaises à avoir une réelle notoriété en Amérique : j'avais reçu une nomination pour l'oscar de la meilleure actrice, été la femme de William Harrison et, durant une décennie, j'avais incarné l'image de la maison Dior dans le monde.

Melody a déjà reçu des demandes d'interview, dans l'éventualité où je me déplacerais à Boston. Je ne réfléchis pas, j'accepte. Pour retrouver le parfum des années passées, être emportée dans un tourbillon de regards et de compliments, recevoir les hommages d'admirateurs aux yeux brillants, dont les épouses, lèvres pincées, se tiennent en retrait, redoutant que la belle actrice, comme Liz et Marilyn, n'enlève leur mari sur une île des Bahamas.

J'accepte aussi pour être à la hauteur de la situation, bluffer Loïc et ses partenaires, leur damer le pion, leur voler la vedette. Pour jouer le premier rôle. Pour arrêter le temps. Être sur le qui-vive, l'esprit aux aguets, avec le sang qui court dans les veines. Vivante.

J'apprends en arrivant à Boston que la photo de la rescousse du baleineau a fait le tour du monde, et que je suis invitée à participer à une rencontre avec des associations qui militent pour l'écologie. Soit je me fais porter pâle, soit je potasse le sujet pour me montrer digne de l'intervention espérée. J'ai une bonne mémoire, qualité indispensable dans mon métier d'actrice. J'ai développé ce que je nomme la « mémoire à fleur de peau » : lire un texte, l'assimiler, en déceler les aspérités, l'apprendre suffisamment pour qu'il s'inscrive dans mon cerveau, et m'arrêter juste avant de le savoir par cœur. Afin de pouvoir jouer les dialogues avec une part de spontanéité.

Je demande à Melody de m'envoyer un lien Internet vers un texte sérieux, et récent, sur l'état des océans. J'ajoute qu'il faut inviter Loïc Quérec à cette rencontre avec les défenseurs de la nature. Je n'oublie pas que c'est lui le roi de la fête, pas moi.

Ça va être un jeu d'enfant pour moi d'entraîner le débat vers la question de la sauvegarde des mers. Je commencerai en leur disant que je vis en France, sur la Côte atlantique.

Le jour de la rencontre, tout se déroule comme je l'ai prévu, et la discussion s'oriente dans la bonne direction, celle qui me convient. Il y a bien une ou deux questions sur les sponsors du voilier de Loïc, sur leurs profits et leur image de pollueurs. Je pose une main sur le bras de Loïc et prends la parole avant lui :

« Ne découragez pas ces repentis, ils font aussi de bonnes actions. Sans eux, nous ne serions pas avec vous aujourd'hui. Leur attitude est ambivalente, mais qui de nous pourrait leur jeter la pierre ? Vous savez, j'ai envisagé de venir à la rame, ou à la nage : je ne sais pas quand je serais arrivée… »

La soirée de remise du trophée se déroule dans une atmosphère très étrange, puisque ceux que l'on aurait voulu récompenser ont été disqualifiés. Les organisateurs ont cependant créé en vitesse un prix spécial qui leur est destiné. Tout le monde se retrouve dans les bâtiments de Marina Bay, à South Boston. Je suis fatiguée, je lutte contre le *jet lag*. Il faut tenir encore quelques heures.

J'ai enchaîné les interviews tout l'après-midi, en anglais, ce que les journalistes apprécient grandement. J'ai répondu à des tas de questions sur ma carrière, sur Hollywood, sur mon rapport (« *my concern* ») à la nature et à l'environnement, sur la mode, sur les jeunes actrices, sur mon amitié avec certains cinéastes coréens, née lors d'une présidence de jury au festival de Busan. En revanche, je n'ai pas répondu à l'allusion faite à mon fils, Mickael, que l'on ne voit jamais et dont on ne sait rien, d'après la journaliste. J'ai simplement dit :

« Moi, je le vois, je sais des tas de choses sur lui, que je ne vous rapporterai pas car je veux conserver sa confiance. »

J'ai décliné la proposition de remettre la coupe spéciale aux héros de l'aventure. Savoir retourner dans l'ombre. Je m'éloigne de la lumière et flâne dans cette *party* en toute liberté. L'ambassadeur de

France est venu de Washington. J'ai l'impression de le connaître. Bien vu, Julia.

« J'étais le consul de France à Maputo quand vous êtes venue au Mozambique rejoindre votre mari, qui y tournait un film sur les trafics de diamants et l'argent de la guerre. »

Et il ajoute, fier de sa belle mémoire :

« Nous sommes vous et moi de la même année, du même mois, du même signe.

— Nous avions trente ans de moins, Votre Excellence. »

Cette caste du Quai d'Orsay m'a toujours paru hors du temps, maintenant des codes et des règles dépassés, qui ne sont peut-être qu'une façade nécessaire au camouflage d'agissements inavouables : surveillance, espionnage, contrats et accords secrets.

Je reste à la table de l'ambassadeur, je discute avec lui des élections américaines. Il me dit que Hillary Clinton va remporter l'investiture démocrate. Certainement, mais j'ajoute qu'elle perdra l'élection présidentielle. Pas à cause de son incompétence, ni à cause de l'affaire libyenne ou de celle des e-mails professionnels envoyés de son ordinateur personnel. Mais parce que cette femme, qui veut être la première présidente des États-Unis, a trahi toutes les femmes. Elle a été publiquement humiliée par son arrogant mari, sans compter que l'aventure de ce dernier avec Monica Lewinsky en laissait supposer d'autres. Elle a, dit-elle, pardonné ; il ne fallait pas, elle aurait dû le quitter… mais le quitter, c'était signer l'éclatement de leurs réseaux, de leur petit empire, de sa rampe de lancement à elle pour ses propres ambitions. L'arrivisme avant la dignité. Pour être la première, il fallait accepter la domination masculine. Subir le joug. Ce sont les femmes qui vous feront défaut, Hillary, elles n'accepteront pas votre soumission.

« Et si elle était juste follement amoureuse de son mari… ? Vous ne croyez pas ça possible ? »

Je ne réponds pas à l'ambassadeur ; nous parlons d'autre chose, de ses enfants, expatriés comme mon fils. La fatigue arrive, des larmes me montent aux yeux, à l'évocation de Mickael peut-être. Il y a aussi cette sensation familière : parmi tous ces regards qui se posent ou glissent sur moi, il y en a un plus aigu, plus incisif. Ce soir, il y a un sixième sens.

Je prends congé, fais un petit signe de la main à Loïc, lequel est occupé à séduire sans effort une native du Massachusetts qui ressemble aux héroïnes des *Feux de l'amour* : fausse chevelure blonde, fausses dents, faux seins, vraie vulgarité. Elle a l'air d'avoir vingt ans de moins que lui, alors qu'elle en a probablement dix de plus. *Enjoy, my dear friend.*

J'ai résisté à la tentation de la chirurgie esthétique. Je me suis certes permis quelques traitements légers, inoffensifs – pas les attaques au scalpel. Les opérations gomment et altèrent bien plus que les traits de nos visages et les courbes de nos corps.

Elles touchent à notre vérité. Celle de notre présence, avant les mots, avant les attitudes, avant la comédie sociale. Nous sommes d'abord ce que nous montrons. Ce que nous avons vécu, joies et drames, est inscrit dans nos traits et dans nos mouvements. Changer son apparence, c'est se soustraire à sa propre histoire, et vouloir à tout prix en raconter une autre.

Je traverse le hall du bâtiment de Marina Bay en compagnie de Melody. Un homme se tient près de la porte et semble nous attendre. Il s'approche de nous :

« Bonsoir Julia, je suis très heureux de vous revoir. »

Je ne le reconnais pas. Je note son élégance et son accent, dont je ne trouve pas l'origine.

« Je suis Ezequiel, votre ami d'Uruguay. »

J'aurais été incapable de le reconnaître. Je ne me souvenais même pas qu'il parlait le français, j'avais traversé ces quelques heures à Punta del Este les yeux dans le vague, et les paroles que l'on m'adressait ne parvenaient pas jusqu'à moi.

Ezequiel me regarde en souriant, il n'est nullement pressé, il doit s'amuser de mon embarras :

« Je me trouvais à New York, j'ai appris que vous étiez là. Je suis venu. J'ai assisté à votre intervention sur les océans, c'était très bien. »

Je ne sais pas quoi faire, ni que dire. Je me sens comme dans une scène de film, où l'on me demande d'improviser sans que j'aie été prévenue.

Ezequiel, lui, a eu le temps de préparer la scène.

« C'est bien que nous nous revoyions ici... » dit-il à voix basse.

Je suis épuisée, il faut quitter ce hall, filer à l'hôtel. Je ne veux pas être impolie, je ne veux pas une fois encore froisser cet homme qui se montre affable, sans rancune. Et à ce moment, je comprends : le sixième sens dans cette *party* de cinq cents personnes, c'était lui. Et il était bienveillant. J'ai la sensation de faire sa connaissance, comme si notre première rencontre ne comptait plus. Il m'évoque Ricardo Darín, un merveilleux acteur argentin : le même sourire, le même regard.

« Vous devez être fatiguée, votre programme était très chargé. Vous partez demain pour Paris, je veux dire, ce soir ? »

Il est déjà deux heures du matin. J'acquiesce, oui, je pars ce soir. Je sais exactement ce que mon personnage ferait dans un film : je laisserais ma tête tomber en douceur sur l'épaule d'Ezequiel. Surpris, il retiendrait un geste. Je lâcherais un profond soupir, je fermerais les yeux. Alors il poserait un bras sur mon épaule. Sans le regarder, je dirais : « Merci, Ezequiel, de votre élégance, de ne pas m'en vouloir pour ma conduite lors de votre soirée... Vous m'ôtez un grand poids... »

Je relèverais la tête, je plongerais un bref instant mon regard chargé d'une belle émotion dans le sien, et je partirais d'un pas rapide sans me retourner.

Et si je faisais comme mon personnage ?

Je choisis la réserve, je tiens mon rang. Je lui tends la main :

« Au revoir, et peut-être à une autre fois.

— Je l'espère, vraiment. »

Lui aussi, il joue son rôle. Le beau rôle.

*

Nous sommes installés dans la classe affaires du vol Air France pour Paris. Décollage dans un quart d'heure. Un homme se penche vers moi :

« Je suis le pilote de cet avion. Ravi de vous avoir avec nous. Vous êtes l'actrice préférée de mon épouse.

— J'aurais aimé être la vôtre aussi... »

Ma réplique lui enlève son assurance, ce grand gaillard aux cheveux clairs rougit. Je me rattrape aussitôt :

« Beaucoup de femmes se sentent proches de moi, elles savent d'instinct que je ne suis pas une femme fatale, ni une voleuse de mari. »

Il sourit, un peu gêné.

« Nous avons une place libre en première, je vous y invite.

— Ce ne serait pas gentil d'abandonner mes amis... »

Loïc et ses partenaires me font taire, m'enjoignent d'accepter l'aimable proposition.

« Merci beaucoup, commandant, j'accepte. Je dîne d'abord avec mes amis, et après j'irai dormir en première classe. »

Finalement, je dors peu, le vol est court : nous naviguons vent dans le dos. Avant l'arrivée, je prends tout mon temps dans les toilettes de la première classe pour nettoyer mon visage et y déposer un léger maquillage. Des lunettes fumées, un foulard autour du cou, je suis présentable. Je prévois qu'il y aura des journalistes avec des caméras, des passionnés de voile, et des amis de Loïc, aussi. Je ne peux filer à l'anglaise, je dois franchir la porte des arrivées en leur compagnie. Surtout, ne pas se laisser immobiliser par des importuns. Avancer, droit devant soi.

J'ai vu juste : des micros, des caméras, des applaudissements. Je serre longuement Loïc dans mes bras, je sais que la photo de ce moment sera très largement diffusée. Après quoi je fends la petite foule, visage baissé, guidée par le chauffeur mis à ma disposition par les sponsors de Loïc.

Je ne devrais pas garder mon appartement parisien. J'y passe si peu de temps. Mickael me pousse à le louer via des sites spécialisés dans les locations de courte durée. Mon fils a de drôles d'idées, parfois : ce serait comme exposer publiquement mes difficultés financières. Et je tremblerais que l'un des occupants fasse main basse sur l'un de mes bibelots.

Chacun d'eux a son histoire ; tous ensemble, ils sont ma mémoire.

J'appelle Lucas, il annule un engagement afin de prendre un verre avec moi au Flore. J'aimerais lui demander s'il a reçu des propositions me concernant, ce que je n'ai jamais fait depuis que nous travaillons ensemble. Je m'abstiens, j'ai peur de l'entendre répondre avec un air gêné : « Non, rien... »

Je suis bien naïve d'espérer que les récentes péripéties qui ont égayé ma vie routinière d'actrice âgée aient ravivé le désir des producteurs et des metteurs en scène de me filmer. Même si c'était le cas, il faudrait leur laisser le temps d'écrire un personnage pour moi. Je songe à tout cela en écoutant distraitement Lucas me vanter ses nouveaux clients, un boxeur qui a raccroché les gants (« Il est du calibre de Lino Ventura ») et une jeune fille repérée dans un concours de chant.

Il m'annonce que la chaîne Arte va programmer une rétrospective de huit films dans lesquels j'ai joué. Très bien, mais ça ne me rapporte pas d'argent. Certes, un peu de satisfaction.

« Tu as vu ? »

Lucas me tire de ma rêverie. Non, je n'ai rien vu, de quoi parle-t-il ?

« Tout le monde te regarde... »

Une femme passe près de notre table et s'arrête devant moi :

« C'est formidable, ce que vous avez fait... Ça ne m'a pas étonnée, j'ai toujours été convaincue que vous étiez une belle personne, pas seulement une excellente actrice. »

La femme reste un instant auprès de nous, peut-être attend-elle que je lui serre la main. Je la remercie d'un simple mouvement de tête, elle s'éloigne, probablement déçue. La belle personne va en prendre un coup, mais l'autre, l'actrice énigmatique, marque des points.

Lucas dit vrai, des visages et des regards sont tournés vers moi, avec bienveillance, il me semble. Ça va si vite, avec les réseaux sociaux, et ça disparaît encore plus vite. Un cétacé en détresse et un voilier filant sous le vent m'en ont ouvert les portes.

Je n'ai pas eu mal au dos depuis plusieurs semaines, mais je suis consciente que la douleur s'est seulement endormie pour un temps. Tapie dans l'ombre, elle resurgira sans crier gare. Il faudra bien un jour que je prenne la décision, toujours repoussée, d'une intervention chirurgicale. Plus tard, Julia, plus tard. Je suis en sursis.

Le voyage éclair aux États-Unis a été une réussite sur tous les plans. Notoriété, image, popularité. Avec des commentaires de ce genre : « Contrairement à d'autres people, Julia Beller ne se contente pas de parler, elle agit. » J'ai reçu un coup de téléphone du directeur de la rédaction du *Journal du dimanche*, qui m'informe que je vais entrer dans le classement des personnalités préférées des Français. Moi qui avais pourtant accepté mon déclin, m'y étais résolue : j'allais vivre autrement, vendre le Château des pommes, ou en transformer une partie en chambre d'hôtes… Je n'ai plus vraiment de revenus, seules quelques recettes provenant des pourcentages sur les bénéfices de films dans lesquels j'ai joué, obtenus par Lucas.

Le renoncement. Un acte vertueux, paraît-il. Un tournant inévitable pour moi. J'étais prête à renoncer à la gloire, à l'argent, à l'excitation de recevoir un scénario, d'en parcourir les pages avec avidité en constatant que le rôle proposé est le plus important du film (tous les acteurs font cela avant d'entamer la lecture), en me laissant prendre par une histoire ; prête à renoncer au plaisir de savoir que j'allais dire oui, mais de faire attendre ma réponse par coquetterie ; renoncer à la joie de me renseigner sur les lieux du tournage, sur les hôtels des environs – à moins que je ne fasse louer une maison par la production –, d'appeler un acteur que j'aime pour lui donner le tuyau, il y a peut-être un rôle pour toi, fais appeler ton agent… Avoir de nouveau un but, une voile à l'horizon, être prise en charge, emportée, choyée, flattée, prévenir Véronique, qui serait déjà sur mon contrat… Mickael ferait la gueule, mais me féliciterait aussi, j'allais appeler William, je le faisais chaque fois avant d'accepter, il lirait le scénario, me trouverait un truc, un seul (un geste répété, une couleur, une intonation décalée), qui marquerait le personnage… J'allais gagner de l'argent, je n'aurais pas à m'en faire, j'étais solvable, une actrice qui tourne mérite tous les crédits, la vie est belle, et si ce nouveau tournage s'avérait l'occasion d'une rencontre amoureuse, je serais prête, bien que j'eusse alors une liaison avec un éminent professeur de médecine, beau, intelligent, investi, fier de dîner en ville à mes côtés, quoique de moins en moins complaisant vis-à-vis de mes angoisses d'actrice, avoir un bouton de fièvre à la commissure des lèvres le jour où je tourne une scène importante… Car à cette époque, Édouard me laissait seule avec mon anxiété, dès sept heures du matin, pour aller soigner des jeunes atteints du sida. Ça ne pouvait pas durer entre nous. Il le savait, je le savais. Une heureuse rencontre serait la bienvenue, je n'ai pas de goût pour la solitude, j'ai toujours quitté un homme pour un autre, jamais par envie d'être seule. C'était il y a dix ans, et la liaison avec Édouard est la dernière qui a compté dans ma vie.

Il m'est arrivé de tomber amoureuse des metteurs en scène de mes films. Souvent, nous en sommes restés là, aux sentiments. C'était une manière de protéger notre travail, afin que l'œuvre que nous fabriquions ensemble prenne le pas sur notre désir, et qu'elle devienne elle-même le désir, et son expression.

Il y a aussi eu des tournages où le réalisateur et moi sommes devenus amants. Lorsque cela arrive, le reste de l'équipe ne peut s'empêcher de le vivre comme une exclusion : il y a ce territoire particulier qui leur est interdit. Les films s'en ressentent, ils perdent l'équilibre.

Je me souviens d'un metteur en scène qui m'a offert l'un de mes plus beaux rôles. Il me portait une grande admiration, et il avait réussi, avec le producteur, à trouver le financement nécessaire pour un film auquel peu de gens croyaient, tant les risques étaient importants : un long tournage au bout du monde, une histoire au parfum de mélodrame, loin des thèmes dans l'air du temps… Cet acharnement, cette dévotion, je les ai pris pour de l'amour. Et aujourd'hui, je pense que c'était bien de l'amour, une passion peut-être, qui nous aurait bouleversés l'un et l'autre et qui aurait empiété sur le film que nous construisions, si nous l'avions vécue. Notre histoire, réelle, contre l'autre, une fiction de cinéma. Tout ce que nous ne nous sommes pas donné, nous l'avons offert au film.

C'est une drogue puissante le métier d'actrice, la célébrité aussi. Je viens d'y goûter de nouveau, et de replonger. Cette addiction est comme la douleur au bas du dos : elle est ancrée en moi. L'équipée bostonienne a chamboulé mes sages résolutions. J'avais sagement avancé dans ma cure de désintoxication, et en quelques jours, de la baleine à Marina Bay, j'ai réduit à néant tous les efforts consentis. Je garde le château pour moi, les voyageurs trouveront des chambres d'hôtes ailleurs : je vais tanner Lucas pour qu'il s'active à me trouver des rôles, je vais également harceler mon agent américain (qui m'a envoyé un message chaleureux pendant mon séjour à Boston). Il faut que quelque chose se passe. Que ça continue. Ouvrons les portes, et que chaque nouvelle incursion me relie au monde. Je relirai Proust une autre fois, pendant l'hiver.

J'ai reçu des nouvelles de Mickael, nous avons conversé sur Skype. Je n'aime pas ce procédé, l'horrible sonnerie qui précède la communication, les images décalées, le son haché et glougloutant – et puis, je ne trouve jamais la bonne distance face à l'ordinateur.

De l'autre côté de la Terre, et pourtant sous mes yeux, Mickael, sa femme Liya et leurs enfants se serrent les uns contre les autres, afin que je puisse jouir de cette image rassurante : une famille unie et épanouie. J'ai même l'impression qu'ils vivent désormais ainsi, collés, et qu'ils ne se séparent jamais.

Depuis combien de temps n'ai-je pas vu mon fils en chair et en os ? Son petit garçon me parle de « houelle », il me faut quelques secondes pour comprendre qu'il s'agit de *whale* – « baleine », en anglais. Mes petits-enfants parlent l'anglais et le chinois, et bredouillent quelques mots de français, qu'ils vont oublier si leur père n'y prend pas garde. L'expatriation de Mickael est totale, jusque dans les mots, jusque dans sa tête et dans son cœur. Il ne parle plus jamais le langage de son enfance, le mien, le nôtre.

Le sauvetage de la baleine et l'exploit de Loïc Quérec ont été rapportés jusqu'à Perth, sur la côte occidentale de l'Australie, et Mickael me regarde avec étonnement, ainsi qu'un peu de tendresse : il doit se demander par quelle manœuvre discrète j'ai organisé le premier et me suis faufilée dans le second. Tu te trompes, Mickael, c'est juste le fruit du hasard, ou la chance. Qu'il faut saisir lorsqu'elle se présente. Qualité indispensable pour une actrice.

# Abdul

Un gros foutoir au marché, ce matin. Je donne chaque semaine un coup de main à Rémi, un rôtisseur, pour le déchargement et le remballage de son matériel.

C'est avec l'arrivée de Julia dans les allées que ça a commencé. Elle traînait un sac à roulettes, qu'elle remplissait de comptoir en comptoir ; même ça, elle le faisait avec élégance. J'avais jamais remarqué, avant, comment les commerçants lui parlent, comment ils la regardent, ils l'appellent « madame Beller », ils s'arrangent tous pour se faire bien voir, ils lui en filent un peu plus que ce qu'elle demande, « Oh, celui-là, je vous le compte pas, il est un peu abîmé… ». C'est drôle, quand même, elle pourrait se payer tout le marché si elle voulait, et c'est à elle qu'on fait des petits cadeaux, pas à des gens comme ma mère, que ça arrangerait bien et à qui ça ferait plaisir.

Les marchands qui connaissent Julia veulent des photos avec elle, les autres aussi, après les clients s'en mêlent. Ça devient pénible, elle garde son calme, puis elle le perd un peu. Erwann, le placier de la mairie, l'aide à se barrer, il l'a « exfiltrée », comme dit le rôtisseur. Elle y est pour rien, ça se retourne contre elle, y a même une femme qui vire mauvaise et lui balance des insultes. Pas méritées, elle a rien fait de mal, Julia. Avec moi, elle a été réglo. Même si je la trouve pas sympathique. Elle est hautaine, elle est sûre d'elle : déjà quand elle m'a soigné, j'avais l'impression qu'elle me donnait des ordres.

Je suis encore à la plonge au Nautilus, j'avais demandé à un pote de me laisser servir la table où elle était, je voulais lui faire un signe. Elle doit pas s'en rendre compte, mais ce qu'elle a fait pour moi, c'est assez dingue. Cacher un voyou, ça peut lui valoir des ennuis. Elle avait pas l'air de l'envisager comme ça.

Cette fois, le jardinier me fait entrer sans que j'aie besoin de palabrer. Il me fait attendre sur les marches du perron. Il doit venir souvent, c'est nickel – la pelouse, les massifs, les allées. Jamais vu ça ailleurs.

Julia apparaît, elle était plus bas, dans le verger. J'ai eu l'impression, le peu de fois où je me suis trouvé près d'elle, qu'elle était à l'aise dans toutes les situations. Elle est pile comme il faut, les fringues, l'attitude, les paroles, y a rien qui cloche.

« Qu'est-ce que vous voulez ? »

Là, elle me cueille, froide et distante. Je tombe un mauvais jour. Si j'avance pas, on en reste là, je la reverrai jamais.

« J'étais au marché hier, quand les gens voulaient faire des selfies avec vous… »

Elle attend la suite, sans cacher que là, en ce moment, je l'emmerde.

« Je sais que ça sera la même chose la semaine prochaine, il y aura même plus de monde, maintenant qu'ils savent qu'on peut vous rencontrer là… Si vous voulez, je peux faire vos courses, je connais tous les marchands, vous me faites une liste sur le portable, je peux vous dire quels produits il y a… et je vous fais la livraison. »

# Julia

Il ne vient pas pour moi, le jeune Abdul. J'aurais dû le comprendre plus tôt. Je traverse le parc en me dirigeant vers le cabanon où je l'ai hébergé. La fouille va être rapide, il n'y a qu'un lit, une armoire, une table et une chaise. Je soulève le matelas, examine le sommier – tous deux antiques, l'un en bois sombre, l'autre à rayures beiges et crème – n'y trouve rien.

Au bas de l'armoire, un traversin replié, que je saisis et pose sur le lit. Il y a une déchirure au milieu du tissu, j'y glisse ma main, je sens un objet, je l'extrais. Un petit sac plastique avec, dedans, une boule enveloppée dans du tissu. Du cannabis, et une jolie quantité. Ça vaut quelques sous. Abdul m'a menti, il avait bien planqué sa came chez moi. Il doit être emmerdé, avoir ses complices ou ses revendeurs sur le dos. Ils ont dû penser qu'il s'était fait la malle avec le petit trésor.

Je ne vais pas aller à la police. Je ne vais en parler à personne. Je vais me servir en passant, ce sera mon salaire de receleuse. Je la hume, elle a l'air bonne. Ne pas la laisser pourrir dans l'humidité du cabanon.

Je passe au Nautilus, dans la perspective d'y surprendre Abdul. Je ne l'y vois pas, ne demande pas où il se trouve, de peur que ses collègues se posent des questions.

J'attends le marché du mardi, et il est bien là, donnant un coup de main au rôtisseur. Je constate au passage que ma popularité ne faiblit pas. Des paroles bienveillantes, des demandes de selfies, des photos avec des enfants… je me prête à tous ces jeux, d'autant que j'ai repéré un photographe qui me suit à distance. Avec l'habitude, je sais faire croire aux paparazzi que je ne suis pas au courant de leur présence, alors que je calcule en réalité chaque action, chaque mouvement que je fais. Ils sont bluffés par mon insouciance, alors que je les mène où je veux.

J'emprunte l'allée centrale du marché quand Abdul s'approche de moi. Je lui dis, l'air de rien, de passer à la maison le lendemain matin.

C'est cette entrevue qui marque le véritable point de départ de notre aventure commune. Je ne saurais dire lequel de nous deux prend l'avantage, entraîne l'autre vers un but précis. Je crois qu'à ce moment-là, ni lui ni moi ne savons où nous allons, et que finalement nous ne maîtrisons rien. Le chemin se fait tout seul.

Quand je lui tends le petit sac qui contient le cannabis, il ne dit rien, ne demande aucune explication, et ne juge pas utile d'en fournir une. Il met le sac dans la poche de son blouson, nous gardons le silence quelques instants.

« Votre ordinateur, ça va ? Vous allez sur le Net de temps en temps ? Ils parlent beaucoup de vous, y a plein de photos de quand vous étiez jeune, avec votre mari William aussi, et les Oscars, tout ça… vous avez vraiment eu une vie de dingue… et vous faites encore des films ? »

Non, je ne fais plus de films, et je ne me balade pas souvent sur Internet. Une vie de dingue, oui, peut-être, mais aujourd'hui je survis, je fais illusion, grâce à la générosité discrète de William et de Lucas qui gardent un œil sur mes finances. Je n'ai jamais planqué mes gains dans un bas de laine, ni épargné à la banque, l'argent est fait pour filer entre mes doigts, j'ai toujours rêvé qu'un cinéaste fasse un portrait de notre société au travers de la circulation d'un billet de cinquante euros, qui passerait de main en main et qui incidemment infléchirait le cours des vies.

« Vous devriez faire des photos… »

Abdul me tire de ma rêverie. Des photos ? Je ne comprends pas.

« Des photos de moi ?

— Non, pas de vous, mais des lieux où vous êtes, de ce que vous voyez, de ce qui vous plaît, de ce qui vous amuse…

— Et après ?

— Vous les mettez sur le Net, vous aurez des followers, vite, et beaucoup, y a trop de gens qui vous citent, là.

— Et puis ? »

# Abdul

Bon, c'est pas gagné, d'avoir sa confiance. Je vais m'accrocher, elle est la première personne depuis si longtemps à m'avoir tendu la main. Où que je me tourne, ailleurs, tout est bouché.

Le boulot, les potes... depuis qu'on a évité de justesse de se faire gauler, on se voit plus, on s'évite, on brouille les cartes. Il faut vraiment laisser passer du temps si on veut être prudents.

J'ai pas raconté à ma mère que j'ai été secouru par Julia, je préfère qu'elle sache rien de cette soirée qui a mal tourné. J'ai déjà un petit casier judiciaire, si je m'étais fait coffrer cette fois-là, ç'aurait été comparution immédiate et un peu de taule. Après ça, tu trouves plus de boulot, tu vois plus tes potes, et ma mère se remet à pleurer. Comme elle l'a fait pendant des années, quand j'étais petit. Elle attendait que mon père revienne. Elle faisait contre mauvaise fortune bon cœur, elle me répétait tout le temps la même chose : « Ton père est parti là où il a trouvé du travail, c'est pour qu'on vive bien, toi et moi. » Moi, j'y croyais, au début, moi le petit frisé, le métis, le Turc, et je comptais sur mon père, Nuri, pour qu'il me venge des petits cons qui me harcelaient, j'étais sûr qu'il les mettrait au pas. C'était qu'une question de jours, ou de quelques semaines. Nuri n'est pas revenu. Nuri ne reviendra jamais.

Gaël, qui m'a engagé au Nautilus, m'a demandé de prendre le large en attendant. Il me reste que les marchés avec Rémi, trois fois par semaine. C'est pas seulement une histoire de salaire, de pognon qui manque, c'est l'ennui, n'avoir rien à foutre. Ça me mène toujours à faire des conneries. Homme à tout faire, c'est pas un métier, mais je peux faire des tas de choses pour Julia Beller, nettoyer le cabanon dans le parc, repeindre l'escalier du château, charger des applis sur son portable…

# Julia

Je fais connaissance avec Ronan. Malin, pressé, l'air indifférent à tout, jamais embarrassé, il a grandi dans les années qui ont vu s'imposer partout l'informatique, et est devenu un surdoué du numérique. Il a réussi, du haut de ses vingt ans, à en faire sa principale source de revenus, ayant vite abandonné la perspective de suivre de longues études.

Abdul a amené Ronan au Château des pommes, convaincu qu'il était la bonne personne pour tirer le meilleur parti de mes récents exploits : créer mon compte Instagram, prendre les premières photos, en faire une sélection, planifier leur diffusion au compte-gouttes, attendre les résultats, la courbe ascendante des followers, savoir quand ralentir, ou au contraire profiter de l'engouement pour un cliché et surprendre par un changement de thème dans les images proposées… Ronan est à la manœuvre de mon entrée dans un monde inconnu, la Toile.

Je laisse à Abdul et Ronan la gestion des ordinateurs, des réseaux, de la diffusion des photos, de tous les aspects techniques. Je me concentre sur le contenu, la partie créative, la composition des images. J'ai vite compris l'enseignement principal : je ne dois moi-même apparaître que rarement, je dois surtout montrer ce qui m'entoure, ce qui me plaît, ce qui me touche, les merveilleuses brumes de l'aube sur les vergers et la mer, le départ des régatiers à l'assaut de la houle, un chevreuil qui traverse le jardin, des légumes et des fruits répandus sur la table de bois dans les rayons obliques du soleil, les rides profondes de mon voisin Gwenaël comme un compteur de ses années de labeur, les pêcheurs pieds nus dans les sables vaseux des grandes marées, les canoës qui remontent la rivière Laïta…

Et un peu de moi, il le faut bien, mais hors d'atteinte, en réflexion dans un miroir, allongée dans le hamac sous le chêne centenaire, sur le pont du voilier de Loïc, attablée à l'Auberge de la mer, mon visage derrière les carreaux de la fenêtre, entraperçu dans les reflets du couchant, ou encore seule dans la forêt, perdue sous les hauts pins de Douglas.

C'était le début, la première offre n'a pas tardé. Ils ne savaient pas comment me joindre, ils ont donc contacté les sponsors de Loïc. Comme de coutume, j'ai fait suivre la demande à Guido.

« Tu tombes bien, *carissima*, j'ai aussi une proposition pour toi, la clôture du festival de Varna, en

Bulgarie, sur la mer Noire. C'est la dixième édition, ils mettent le paquet, et tu peux tout faire en deux jours, interviews, remise du prix, rencontre avec le ministre de l'Éducation… »

Je me l'étais promis, plus de ménages, aussi bien rémunérés fussent-ils. Demandez-moi de jouer une femme indéfendable, lâche, meurtrière, hypocrite, avide, sans scrupules, et je m'y consacrerai tout entière, mais ne me demandez plus de jouer mon propre rôle, celui d'une comédienne de soixante-cinq ans, seule, dépensière, fatiguée, désemparée, que plus personne ne désire, ne m'obligez pas à faire croire le contraire, que tout va bien et que ça va continuer longtemps ainsi.

Au revoir, Guido, je me retire, je laisse la place à d'autres.

« Je suis consultant », m'a dit Ronan lorsque nous avons fait connaissance.

Un soir, je parle d'argent, de rémunération.

« On va attendre les résultats, vous me paierez si ça marche. »

J'ai toujours refusé de faire de la publicité, de vanter un produit. Il y a eu quelques exceptions, pour les pays étrangers, asiatiques principalement. On peut me voir sur les chaînes japonaises, marchant d'un pas allègre sur le pont Alexandre-III dans la lumière du soir, croisant des gens qui se retournent sur moi, et regardant alors la caméra en disant :

« Oui, c'est moi, Julia… c'est *L'heure bleue*, de Guerlain… » On m'a vue aussi me servir un cognac dans le salon d'une demeure du dix-huitième siècle, puis m'asseoir face à la cheminée, l'air rêveur, mes mains réchauffant le verre de liquide ambré.

La première offre liée à mon apparition sur les réseaux sociaux émane d'une société qui commercialise des produits cosmétiques d'origine naturelle et soigneusement contrôlée. On me propose d'incarner la clientèle senior, et de compléter ainsi le tableau des égéries féminines, deux actrices ayant déjà accepté d'être les porte-drapeaux respectifs pour les femmes de trente et cinquante ans. Je n'ai pas le temps d'y réfléchir, car Ronan, à l'annonce de cette proposition, me dit sur-le-champ :

« On n'en discute même pas, c'est pas au niveau, aucune classe là-dedans. »

Abdul a trouvé un plan d'attaque, conçu une stratégie. Je commence à comprendre comment ces deux-là fonctionnent : c'est Abdul qui propose des idées (il les exprime confusément), et c'est Ronan qui met celles-ci au clair et les déroule jusqu'à les appliquer concrètement.

Abdul est convaincu que je ne dois pas faire de la vente directe. Sa proposition est la suivante : utiliser l'un des sites sauvages qui me sont consacrés. Il sera, par nos soins, abondamment alimenté en photos, en informations, en indiscrétions. On y trouvera des images inédites, anciennes ou récentes, des extraits d'entretiens datant de diverses périodes, un parcours illustré retraçant le fil de mon existence, sans autre ligne directrice.

Cette stratégie n'est valable que dans un premier temps. Faire naître et laisser grandir. Capitaliser sur les récents événements qui m'ont remise dans la lumière. Puis, progressivement, enrichir le site de photos actuelles, parmi lesquelles nous pourrions glisser un message commercial. Ne pas focaliser ouvertement l'attention sur une marque, mais la placer dans l'image de façon naturelle. Nous concevons une discipline artistique nouvelle : la mise en scène de photos volées. Tandis que sur mon site officiel, rien ne change : des images, des mots, des impressions, de l'élégance et du mystère.

Je me demande comment ces deux gamins vont réussir à monter l'affaire, eux qui sont si jeunes et semblent innocents. Ces mots, jeunesse et innocence, n'ont pas le même sens pour eux. C'est un autre monde : eux, ils sont connectés. L'innocente, c'est moi.

Il se passe tellement de choses en un temps si court que je n'ai pas la sagesse de réfléchir aux avantages et aux inconvénients de ces péripéties qui s'enchaînent. Je suis emportée par le courant, j'ai toujours vécu ainsi, de film en film, d'un personnage à un autre. Aujourd'hui, il n'y a plus que moi. En personne.

Sur l'insistance des garçons, je rapporte du grenier des cartons remplis de photographies prises sur les tournages. Les plus anciennes datent de 1975, j'avais vingt-cinq ans. Abdul aime se plonger, encore et encore, dans ces images dont beaucoup sont en noir et blanc. J'ai eu souvent envie de m'en débarrasser, ou de les envoyer à la Cinémathèque française, qui accepte ce type de dons. J'ai eu une courte conversation, il y a quelques années, avec le directeur des archives, lequel, tout en me remerciant, m'a pressée de faire un premier tri dans mes documents. Il a ajouté qu'il serait enclin à recevoir des éléments concernant des films dits d'auteur plutôt que ceux ayant trait aux films à vocation populaire.

Je me souviens d'avoir gardé le silence, avant de dire :

« Savez-vous pourquoi ces auteurs ont eu envie que je sois leur interprète ? Afin que leurs films deviennent populaires… »

J'ai raccroché après quelques secondes, satisfaite d'avoir entendu mon interlocuteur bafouiller. Cet échange édifiant a été suivi, de sa part, par des appels et des courriers auxquels je n'ai pas répondu. J'ai toujours coupé court lorsque le courant ne passe pas. Je ne me force pas. Je n'ai dévié qu'une fois de cette ligne de conduite, en acceptant l'offre d'un jeune réalisateur, sur l'insistance de Lucas, alors que je n'en avais pas envie : « Tout le monde rêve de travailler avec lui, c'est un incroyable directeur d'acteurs, les journalistes l'adorent, toi et lui, vous serez l'affiche la plus inattendue de l'année, et la plus sexy… »

J'avais vu juste : la personnalité et les méthodes de ce metteur en scène qui se targuait d'être un auteur ne me convenaient pas. Lui-même avait démarré dans le métier comme comédien. Après plusieurs années à enchaîner des petits rôles, des films ou des pièces sans intérêt, il avait écrit son propre scénario et obtenu les financements pour le réaliser. De ces années sombres, il avait gardé un ressentiment contre les acteurs dont la carrière avait décollé tôt, et son accession à la mise en scène lui apportait l'occasion d'une revanche sur eux. Il montrait un plaisir évident à les dominer, jusqu'à les humilier. Il nous considérait comme des adversaires qu'il fallait vaincre, prétendant que nous nous planquions dans notre confort de vieux routiers, répétant qu'il allait nous faire rendre gorge. Nous étions celles et ceux dont le manque d'implication, l'absence de talent risquaient de mettre à mal son projet unique et fabuleux. Sa marque de fabrique était l'indécision, l'hésitation, la remise en question constante, dans lesquelles son équipe en adoration voyait du génie.

Sa tactique était simple, et toujours la même. Une fois le tournage d'une scène terminé, il disait : « Ça y est, on l'a, c'est en boîte… c'est un travail honnête, mais est-ce qu'il faut s'en contenter ? On va refaire la scène, on va oublier tout ce qu'on vient de faire, je ne veux plus vous voir jouer, je veux vous voir être, juste être, là, sans protection, je veux voir la vérité… »

Commençait alors un ballet dans lequel il nous entraînait, autour du cameraman, en nous faisant dire nos répliques sur tous les tons, et ce, jusqu'à l'épuisement. Le jeu des acteurs devenait à la fois un supplice et une supplique : « Qu'il cesse de nous tourmenter, de nous pousser à bout… » Il est indéniable qu'il obtenait des instants d'abandon, de lâcher-prise, qu'il commentait à voix haute, le visage rayonnant – « La vérité, elle est là, la vérité… » –, et dont je me demandais comment il pourrait les intégrer à la narration du film. Ces méthodes de tournage entraînaient toujours un dépassement important, en matière de temps comme de budget. Le producteur, aussi largué que fasciné par son réalisateur démiurge, était incapable de tempérer ces débordements.

Lorsqu'un de mes jeunes partenaires est tombé en dépression, ne pouvant plus dire ses répliques et s'effondrant en larmes, j'ai décidé d'interrompre le jeu de massacre. J'ai pris la parole un matin, sur le plateau, en présence de tous les techniciens et comédiens. Je me suis adressée directement au réalisateur :

« Je ne veux plus enchaîner trente, quarante prises, sans aucune indication de votre part, juste parce que vous ne savez pas ce que vous cherchez et que vous pensez le découvrir, et l'obtenir, en nous ôtant toute résistance, en forçant nos protections... Je ne suis pas ici pour participer à un psychodrame, juste pour faire vivre un personnage, avec mes moyens de comédienne. Et mes partenaires aussi... Quand j'aurai la conviction d'avoir donné le meilleur dans une scène, ou dans une prise, je vous le dirai, et nous passerons à la suite... »

Je n'ai jamais eu envie de prendre le pouvoir, mais cette fois, je l'ai fait. Je ne voyais pas d'autre échappatoire. Personne d'autre que moi, parmi les interprètes, ne pouvait, ou ne voulait, se permettre une telle intervention. Leurs rôles étaient moins importants, ils seraient remplacés, pour crime de lèse-majesté. Il n'y a pas eu de lutte ouverte entre le réalisateur et moi. Il a tenté une autre stratégie. Il pensait m'amadouer, il rôdait autour de ma caravane à la fin des prises de vues, il cherchait à installer un dialogue entre nous, une connivence, même. Il a aussi proposé que nous allions dîner ensemble. Mon refus a été poli, et circonstancié : une actrice qui tourne un film ne sort pas le soir, car elle se lève très tôt.

Malgré diverses pressions et l'intervention du ministre de la Culture, le film a été refusé par les sélectionneurs des grands festivals européens de cinéma, Cannes, Venise, et Berlin. Quand est arrivée la proposition de représenter la France pour la Semaine internationale de Thessalonique, le réalisateur n'a pas donné suite, jugeant l'offre indigne de lui. Le producteur, lui, a répondu à l'invitation et m'a demandé de l'accompagner. J'ai accepté à la condition d'emmener avec nous les deux acteurs qui tenaient également des rôles importants dans le film.

Le jury m'a décerné le prix d'interprétation féminine. Je suis montée sur scène, entraînant avec moi mes partenaires pour la réception du trophée. J'ai souligné que nous avions fait ce film avec un esprit de troupe, et que cette distinction était la reconnaissance du soutien mutuel et de la générosité qui nous avaient permis, à nous les acteurs, d'accomplir notre travail jusqu'au bout. Je n'ai pas fait mention du réalisateur. Je n'y ai même pas pensé.

# William

Je ne sais pas si j'aurais fait le déplacement exprès pour elle, pour ma Julia. Elle en aurait tiré de l'orgueil, du bonheur aussi. Et de la mélancolie, avec cette conviction que nous étions faits l'un pour l'autre, et que nous n'aurions jamais dû nous séparer.

C'est moi qui ai quitté Julia. Je pourrais énumérer différentes raisons à cette décision, mais ce ne serait qu'une accumulation de détails qui, au fond, n'empêchent pas vraiment un homme et une femme de vivre ensemble. Il n'y a eu qu'une seule cause à la fin de notre couple : Julia m'en mettait plein la vue. Je sais que je n'utilise pas cette expression française dans son sens courant, mais je n'ai pas trouvé d'autre manière de l'exprimer : oui, elle m'en mettait plein la vue, si bien que le reste du monde m'était dérobé. Je ne voyais plus qu'avec ses yeux, je répétais ses paroles, je copiais sa pensée. Je ne voulais plus de cet excès, de cette exclusivité, de la domination de nos sentiments sur tous les aspects de nos existences.

Ce qui m'a permis de quitter Julia, c'est de l'avoir guidée sur ce film qui a clos notre histoire. J'étais venu pour la soutenir, pour l'aider à grandir, et je l'ai finalement dirigée. Je me suis délivré de sa toute-puissance.

Je n'aime pas prendre l'avion. J'aime quitter Londres en direction du sud au volant de ma voiture, embarquer sur le ferry à Portsmouth, me réveiller au large des côtes bretonnes, et débarquer à Saint-Malo, où réside mon ami écrivain Alexander. Il a fait de moi, et c'est un privilège, son premier lecteur, je devrais dire son premier auditeur, car chaque fois, il me lit à haute voix la pièce qu'il a fini d'écrire. « *I write for audiences, not for readers* », c'est son credo.

Alexander est un homme étrange, ou plutôt unique, avec son exigence, ses coutumes, ses secrets. Dès la fin de sa lecture, il attend ma décision : cette pièce t'intéresse-t-elle ? veux-tu la mettre en scène ? Il ne me laisse aucun temps de réflexion, car cela, à ses yeux, reviendrait à admettre que je puisse avoir des doutes et manquer de conviction à l'idée de produire le spectacle. Il m'est arrivé de décliner sa proposition ; il ne m'en a pas tenu rigueur et m'a rappelé dès qu'il a eu fini la rédaction d'un nouvel ouvrage.

Hier soir, nous avons évoqué Julia, encore une fois. Alexander est convaincu qu'elle serait une actrice de théâtre extraordinaire, bien qu'elle ait toujours refusé de jouer sur une scène. Il m'a suggéré de réfléchir à une nouvelle adaptation de *All About Eve*, le film de Joseph Mankiewicz qui offre deux grands rôles féminins. Évidemment, a-t-il ajouté, le grand luxe, c'est de jouer le personnage d'Eve quand on a vingt-cinq ans, et celui de Margo Channing quand on a atteint la cinquantaine. Une seule actrice l'a fait : Anne Baxter. Elle a été Eve au cinéma et Margo au théâtre, à Broadway.

Je traverse la Bretagne, je roule avec lenteur, j'aime ces heures que je vole au temps. Je frappe à la porte du Château des pommes. Pas de réponse. J'entre, je traverse le hall, j'aperçois Julia. Debout sur la terrasse, elle parle avec une personne que je ne vois pas.

Je m'approche et j'observe Julia un moment. Elle ne fait pas son âge, elle a l'air d'avoir dix ans de moins. Elle tient à la main une cigarette, qu'elle n'allumera pas. Elle a arrêté de fumer, mais elle aime bien tenir une cigarette, et s'amuse de l'air surpris des autres quand ils lui proposent du feu. « Non, merci. Je ne fume pas. » Les gens attendent une explication, elle n'en donne pas, elle rit, un peu frondeuse.

Je me sens voyeur, tout d'un coup, caché dans l'ombre du salon. Je m'avance, j'entre dans la lumière du soleil de midi, et je suis accueilli par un cri de surprise.

« Will ! Mais qu'est-ce que tu fais là ? Tu aurais pu me prévenir... »

Je n'ai pas le temps de répondre, Julia s'avance et se blottit contre moi. Mes pensées tournent à toute vitesse, c'est vrai, je ne l'ai pas prévenue, alors qu'elle-même est la raison de ce voyage. C'est à cause de tous ces échanges confidentiels, avec les uns et les autres, à son sujet : tu lui as parlé ? comment elle va ? tu vas la voir ? quand est-ce qu'elle vient à Paris ? Nous sommes ses anges gardiens, chacun informant les autres de ce qu'il a appris, et donc de ce qu'il faut faire. Nous sommes attentifs à l'évolution de son mal, qui porte un nom : l'argent. À cause de cette habitude que nous avons prise, Mickael, Lucas, Véronique et moi, de l'espionner (c'est exactement ce que je ressens alors que je la tiens dans mes bras) et de faire les choses à son insu, j'ai tout simplement oublié de l'informer de mon arrivée.

« J'étais chez Alexander, il m'a fait une lecture de sa nouvelle pièce... j'ai eu envie de venir te voir.

— Et si je n'étais pas là ? Et si j'étais à Paris ?

— Ou à Boston. J'ai suivi tes aventures... »

Julia relâche son étreinte, plonge ses yeux dans les miens un instant. Elle m'observe en souriant avec malice. Je connais son expression, ce qu'elle signifie : « Tu me caches quelque chose, Will, mais je m'en fous. Je suis heureuse que tu sois là. »

Julia s'avance vers un jeune homme qui se tient en retrait, debout, bien droit.

« Abdul, je te présente William Harrison, mon… le grand amour de ma vie. »

Elle rit aussitôt de ma gêne, et de celle du jeune homme, aussi. Lui et moi nous serrons la main avec un peu de maladresse.

Sous sa chevelure ébouriffée, les yeux d'Abdul brillent d'un sombre éclat. Ils captent toute l'attention, malgré la finesse des traits de son visage, son nez droit, ses lèvres pleines. Ses yeux gardent en permanence l'émotion de ceux qui retiennent leurs larmes. Il donne l'impression qu'il faut lui parler avec douceur, avec précaution, de peur de provoquer ses pleurs.

J'ouvre ma valise quand j'entends la voix de Véronique par la fenêtre ouverte. Nous avons mal manœuvré, sans concertation : nous voici tous deux en même temps au chevet de notre protégée. Je n'ai pas une grande affection pour Véronique, elle n'y est pour rien. Julia s'est emparée d'elle, l'a annexée, l'a imposée dans ses contrats. Elle est une ligne en bas de page, avec son nom en caractères gras, à la rubrique habilleuse. Julia m'a dit un jour que Véronique avait rêvé d'une carrière d'actrice, qu'elle y avait renoncé parce qu'elle n'avait jamais réussi à décrocher un rôle intéressant et qu'il fallait bien gagner sa vie. Il ne faut pas lui en parler, les blessures de cette sorte ne se referment jamais tout à fait.

# Véronique

J'ai fait ce choix : rester libre pour Julia, être à sa disposition. Je n'accepte d'autres offres de travail qu'avec son consentement, lorsqu'elle n'a pas d'engagement dans un futur proche. Elle a souvent changé de maquilleur et de coiffeur, mais elle m'a gardée, moi, auprès d'elle, comme une petite sœur. Je la connais mieux que quiconque, et notre proximité suscite fréquemment des jalousies.

Je joue un rôle supplémentaire sur les tournages : je suis une messagère de l'ombre, une diplomate. C'est moi que l'on consulte lorsque naît une tension entre Julia et le réalisateur, entre Julia et l'un de ses partenaires. Moi seule sais alors si la situation est réellement inquiétante, et s'il faut s'en préoccuper, ou au contraire si elle va profiter au film et servir la performance de Julia.

Mon outil de travail, c'est son corps. Je l'examine, je l'enrobe, le dissimule, je le révèle aussi. Il est arrivé que nous ne nous voyions pas pendant des mois, entre la fin d'un tournage et la préparation d'un autre, mais dès nos retrouvailles, dès les premiers essayages, je remonte le cours du temps passé. Les joies de Julia, ses peines, les épreuves traversées, tout est là, dans la rondeur des seins, dans la taille, soulignée ou évasée, dans le port de tête, dans le creux des épaules.

Le réalisateur racontera sa vision du personnage, son évolution, il indiquera à la costumière des couleurs et des formes. Celle-ci dessinera, fera tailler, découper, coudre. Moi, j'étudierai les dessins, les lignes, les teintes. Je ferai des suggestions à la couturière, toutes allant dans le même sens – le contentement de Julia. Qu'elle conserve sa silhouette, son allure, son aisance. Qu'elle reste une femme pas tout à fait comme les autres, qu'on l'envie sans la jalouser, qu'on l'admire sans amertume. Tout ce qui ne va pas, je m'en chargerai, le dissimulerai dans les plis d'une robe, dans l'élégance d'un tailleur, dans la souplesse des tissus.

Peu de temps après sa rupture avec William, qui avait largement alimenté les pages des magazines, des plus populaires aux plus sophistiqués, Julia a commencé le tournage d'un nouveau film. Le réalisateur avait l'habitude de faire installer, au début de la journée, lorsqu'il ne parvenait pas à prendre de décision sur sa mise en scène, un long travelling de cinquante mètres. Il a dit un jour que le temps dédié à cette préparation lui permettait de réfléchir et de finalement trouver comment filmer la scène.

Le premier jour de tournage, Julia est arrivée sur le plateau, vêtue d'une robe dont le tissu épousait ses courbes sans jamais s'appesantir. La robe frôlait, caressait, se détachait, glissait, en un mouvement incessant, elle vivait avec le corps qu'elle protégeait. Le réalisateur a regardé Julia approcher, et a su que cette fois, le long travelling allait servir à quelque chose.

« Bonjour, Julia... Vous allez marcher, à votre allure, plongée dans vos pensées, et nous vous suivrons...

— Quelles pensées ?

— Celles que vous voulez.

— Les miennes ou celles de Mathilde ?

— Les deux, peut-être.

— C'est pour quelle scène, exactement ?

— Pour aucune en particulier... Je vous ai observée, il y a quelques instants, or ce n'est pas vous que j'ai vue, mais Mathilde, votre personnage. Vous la tenez, nous la tenons, il faut la capturer, tout de suite, vous comprenez ? Avant qu'elle ne s'échappe... »

Julia a marché toute la matinée, en changeant d'humeur à sa guise ; elle a flâné, elle s'est empressée, inquiète puis indifférente, joyeuse ou mélancolique. La caméra l'a suivie, dépassée, s'est calée sur son allure, de près, de loin ; on a changé les focales plusieurs fois. Ce plan, totalement improvisé et inspiré par l'élégance et la légèreté d'un tissu caressant le corps d'une actrice, est devenu le leitmotiv du film. Il a été rehaussé d'un thème musical qui a fait le tour du monde. Impossible d'entendre ces notes de musique sans penser à Julia.

# Julia

J'ai accompagné William jusqu'à la chambre d'amis, au premier étage, que j'ai fait préparer à la hâte par la nouvelle femme de ménage. Véronique l'a rejoint et tous deux sont montés au second, où ils ont fait une visite discrète des lieux et constaté que deux chambres étaient occupées, lits défaits et vêtements épars. Un désordre d'adolescents.

Je sais le thème de leur conversation : moi. Et je sais aussi qu'ils ne posent pas les bonnes questions. Ils s'inquiètent de la présence dans ma maison de ces jeunes gens sortis de nulle part, de leur prétendue mainmise sur ma vie, de leur éventuel pouvoir sur moi.

Dans les premiers temps, nous nous sommes quittés, les garçons et moi, après chaque séance de travail, en précisant le jour et l'horaire de leur prochaine visite. Et puis il est arrivé de plus en plus souvent qu'ils se présentent à la grille du parc sans que nous soyons convenus d'un rendez-vous. Ils se sont mis à me parler davantage, à se raconter. Quand Ronan évoque des moments de son enfance, je constate qu'Abdul les découvre en même temps que moi. Ces jeunes gens ont de la pudeur et de l'orgueil : entre eux, ils fanfaronnent et ne s'arrêtent jamais sur les épreuves traversées. Mais devant moi, chez moi, ils peuvent parler. Ils emplissent mon existence, je trouve un sens à la leur.

J'ai décelé l'élément qui les a rapprochés : leur sang mêlé. Le père d'Abdul est turc, celui de Ronan est slovaque. Tous deux sont arrivés en France dans les années qui ont suivi la chute du mur de Berlin et l'éclatement de l'URSS. Les frontières ouvertes ont permis à des milliers d'étrangers de partir travailler loin de chez eux. Le bâtiment était un domaine où il était possible d'être recruté sans preuve de qualification. Ceux qui s'établissaient dans l'ouest de la France avaient tous le même mode d'existence, des chantiers le jour, une chambre modeste chez l'habitant la nuit. Une année entière pouvait passer sans qu'ils retournent dans leur pays, mais leur paye était envoyée chaque mois à leurs familles.

La suite ressemble au scénario d'un beau film en noir et blanc du courant néoréaliste : jeunes filles séduites qui tombent enceintes, deviennent mères, puis sont abandonnées. Le père d'Abdul est reparti en Turquie, celui de Ronan s'est installé quelque part dans le sud de l'Europe – en Espagne, aux dernières nouvelles. Celui-ci a laissé un prénom français à son fils, lui permettant ainsi d'échapper à la première cause de discrimination : l'origine.

Je ne suis aucunement amoureuse de l'un ou de l'autre de ces jeunes gens. Je les regarde, je les écoute, je les ai pris en sympathie. Surtout Abdul. Lui, il m'a vue à terre, battue par la souffrance. La douleur sournoise, tapie au bas de mon dos, est réapparue un soir sans crier gare. Ronan venait de partir, Abdul nettoyait dans la cuisine les verres et les tasses de thé de notre pause de l'après-midi. J'aurais voulu lui cacher que j'avais mal, qu'il parte sans m'avoir vue à la merci d'un nerf étranglé au bas de ma colonne. Je sais simuler devant une caméra la montée de la douleur ; je ne sais pas la dissimuler dans la réalité. J'étais incapable de me déplacer, je suis restée collée au mur. Pas question de progresser à quatre pattes devant lui, comme un chien, jusqu'à mon lit.

« Ça va pas, Julia ? Qu'est-ce qui t'arrive ? »

Une image s'est imposée à moi : il n'y avait plus d'antidouleurs sur les étagères de ma pharmacie. Dans l'insouciance des journées passées sans inconfort, j'avais oublié de m'approvisionner. Abdul a tendu son portable vers moi, j'ai dicté le nom de mon docteur, son adresse, ainsi que celle de la pharmacie.

Il est parti aussitôt, il voulait être à la hauteur de sa mission. J'ai envoyé un texto au médecin, pour le prévenir de la visite de mon messager. Puis je me suis laissée tomber au sol, sur le tapis du bureau. Une pensée s'est insinuée dans ma tête, pendant que je regagnais ma chambre : j'étais dépendante, à la merci des autres, de leurs bienfaits comme de leurs méfaits.

Il faisait nuit quand Abdul est revenu. En son absence, mon sale état m'avait inspiré de méchantes réflexions : je n'étais pas en état de me défendre, Abdul pourrait échanger la boîte de médicaments contre le numéro de mon coffre, j'imaginais la scène – les comprimés dans sa main, il se tiendrait à deux mètres de moi : « Allez, la vieille, lève-toi, on va jusqu'au coffre, tu l'ouvres, je me sers, et t'auras tes médocs... »

J'ai avalé les comprimés ; la simple perspective de savoir que la douleur allait s'estomper avait déjà un effet bénéfique. J'ai repris ma respiration, me suis redressée et adossée à la tête du lit.

« Merci, Abdul, ça va aller maintenant, tu peux rentrer chez toi... »

Il a quitté la chambre et s'est dirigé vers la cuisine. Il m'a préparé un dîner léger, une omelette au fromage et une salade de tomates. Il me l'a apporté au lit, sur un plateau. J'ai mangé doucement ; sa présence attentive aurait dû me gêner, ça n'était pas le cas.

« Et toi, tu ne manges pas ? Tu n'as pas faim ? »

Il a souri avec douceur, fait non de la tête. J'ai fini mon assiette.

« Tu me laisses un moment ? Je dois aller dans la salle de bains. »

Après m'être remise au lit, j'ai appelé Abdul, qui est apparu dans l'embrasure de la porte. Il a pris la parole avant moi :

« Je vais attendre que tu ailles mieux, que tu t'endormes… »

Il a laissé la porte entrouverte, je l'ai entendu s'asseoir dans le bureau. Je me suis endormie, glissant dans un sommeil trouble, avec des sensations de clarté puis de ténèbres ; j'ai tâtonné à la recherche de la lumière, il fallait que je sorte, qu'on me laisse sortir… je me suis cognée dans ces espaces clos, j'avais chaud, j'étais en nage…

Une main a caressé mon front, m'apportant de la fraîcheur. Les murs se sont éloignés, mon souffle s'est apaisé.

Le lendemain matin, Françoise, la femme de ménage, après avoir appelé plusieurs fois sans obtenir de réponse, est entrée sur la pointe des pieds dans ma chambre dont la porte était entrouverte. Elle nous a trouvés tous les deux, Abdul et moi, encore endormis. Abdul était replié, dans une position inconfortable, sur la banquette au pied du lit. Il était tout habillé et n'avait ôté que ses chaussures, abandonnées sur le tapis.

Je n'avais pas l'intention d'expliquer à Françoise les raisons de la présence d'Abdul dans ma chambre. Je l'ai entendue maugréer pendant qu'elle faisait du rangement dans la cuisine. Je l'ai rejointe et ai rempli la bouilloire. Françoise s'est tournée vers moi.

« Madame Beller, c'est lui ou moi... eux ou moi. »

Je n'ai pas répondu, je l'ai regardée, ma décision était déjà prise.

« Les chambres, là-haut, je ne veux plus les faire, ils mettent trop de saleté, et ils laissent traîner des magazines pornographiques... »

Face à mon mutisme, elle s'est radoucie, a tenté une négociation.

« En tout cas, je ne veux plus venir quand ils sont là, surtout le... »

Elle a réfréné sa parole, ravalé les mots qu'elle allait cracher... « surtout l'Arabe, le bâtard »...

« Très bien, Françoise, très bien. Pas de problème. Eh bien, partez... »

Elle a posé une assiette sur l'évier, ses mains tremblaient, tout son corps était contracté.

« Oui, partez, maintenant. Je vais solder nos comptes, je vous fais un chèque tout de suite. »

C'est toujours intéressant, ces moments de crise.

Le petit éclat de Françoise a eu pour conséquence de libérer un peu plus la parole d'Abdul et de m'apporter des bonnes raisons de le soutenir et d'être de son côté. Cette façon d'humecter mon front brûlant, ce geste de se soucier de l'autre, de soulager, de consoler, sa mère les lui a toujours refusés. Au nom des bonnes intentions et de pieux mensonges. Elle a pendant des années maintenu Abdul dans la croyance d'un retour prochain de son père. Jusqu'au jour où elle-même a cessé de faire semblant d'y croire. Abdul s'est senti dupé, trahi, comme si sa mère s'était jouée de lui, et il a plongé dans la défiance et l'isolement. Il a décidé de quitter ces lieux, la classe et la cour de l'école, où il était vaincu d'avance. Il est parti à la recherche de terrains neutres, où l'on se bat à armes égales. La rue, les abords des cités, les quais du port de pêche, les quartiers encombrés des bars de nuit. J'ai envie d'aimer cet enfant, qui n'est plus un enfant.

Êtes-vous d'accord avec moi, William et Véronique, qu'aimer est plus bouleversant qu'être aimé ? Les sentiments et passions les plus forts sont ceux que l'on éprouve, pas ceux que l'on suscite. J'ai été une bonne actrice quand je me savais désirée, j'ai été une grande actrice quand j'étais amoureuse.

J'ai donné tellement d'interviews, dont beaucoup pour des magazines féminins, au cours desquels revenaient sans cesse les mêmes questions – auxquelles je répondais rarement par la vérité. Je pense principalement à ces entretiens portant sur les valeurs, la bonne conduite, les principes, tout ce qui recouvre les sujets de moralité. Quand on me parlait de constance, de fidélité, je ne livrais jamais le fond de ma pensée, à savoir que les vraies vertus ne sont à mes yeux pas celles-là, mais leurs contraires, l'inconstance et l'infidélité. Ce que d'aucuns nomment infidélité envers les autres est pour moi la fidélité à soi-même, et d'abord à ses propres émotions. Quant à l'inconstance, elle est la marque d'un esprit libre, en mouvement, ouvert et curieux, qui ne craint ni les risques ni les désillusions. Je ne crois pas aux conventions moralistes qui guident la vie en société : je ne conteste ni leur utilité ni leur nécessité, mais il est flagrant qu'elles ont été établies comme des barrières, des garde-fous. Gare à celui ou celle qui passe outre, ils seront mis au ban. L'isolement sera imposé aux contrevenants, sans espoir de retour ; exclusion et solitude les guettent au bout du chemin.

J'ai toujours vécu ainsi, en privilégiant sensations et émotions. En attente de quelque chose ou de quelqu'un, sans me reposer sur les lauriers de mon passé ou de ma jeunesse. J'ai cessé de croire à la pérennité des amitiés d'enfance et d'adolescence dès lors que les chemins empruntés par mes anciens camarades les ont éloignés de moi. Je n'ai pas cette obsession de resserrer ou de sauvegarder ces liens, coûte que coûte, pour qu'ils nous tiennent au chaud en combattant la froidure s'insinuant dans nos veines et dans nos pensées au fil du temps.

Je n'ai jamais clairement évoqué ces réflexions devant mes proches, mais Lucas, qui est un incontestable compagnon de route, sait sur moi des choses que je ne lui ai pourtant jamais dites ; il me devine, il me pressent. Il a toujours craint que je finisse par m'exposer, avec franchise et ingénuité, devant les journalistes et les échotiers. Il veille sur moi. À chaque série d'entretiens, passage obligé pour la promotion des films dans lesquels je joue, il me rappelle de m'en tenir aux « bonnes manières », de ne pas sortir des clous, et de rester, dans mes propos, proche de la thématique des œuvres. Le respect de ces consignes a fini par créer une image, un portrait de moi dans lequel je ne me reconnais pas. Distance, élégance, bon esprit, bon aloi, bonne humeur, bon ton, bon goût, bonne volonté, contrôle, assurance… pas moi du tout.

William est le seul qui m'a vue à nu, sans afféterie, sans déguisement. Et il n'y aura que lui. Nous sommes allés très loin, tous les deux, dans l'approfondissement de la connaissance de l'autre. Je ne donnerai plus à qui que ce soit tout ce que j'ai offert à William, et je ne veux recevoir de personne autant que ce qu'il m'a apporté.

*

Nous déjeunons sur la terrasse, à l'abri du vent du nord qui semble repousser la mer loin de la côte. Il y a longtemps que nous n'avons pas été aussi nombreux à table. J'ai préparé le repas avec Abdul et Ronan, dans une humeur joyeuse, pendant que William et Véronique bavardaient avec sérieux dans les allées du jardin.

Je souris devant cette tablée inattendue. J'ai volé la place du metteur en scène à William : je suis la seule à bien connaître toutes les personnes présentes. Nous pourrions former une famille, William et moi, son épouse, Véronique, la fidèle cousine, Abdul et Ronan, nos enfants (ou nos petits-enfants). Je repousse cette image, je m'agace d'en revenir à ces repères conventionnels que sont les liens familiaux. La grande famille du cinéma n'existe pas. Nous sommes des êtres solitaires, nous nouons des liens forts au cours de nos travaux, d'autant plus intenses que nous les savons éphémères et qu'il faut en faire le tour dans le temps qui nous est offert. Quand nous nous abandonnons à une relation amoureuse, celle-ci est sublimée par la certitude que nous avons de son issue.

Nous montons tous dans la voiture de William après le déjeuner et roulons le long de la côte. Le vent a forci et changé de direction. La mer s'agite, se creuse, la houle se forme. Nous rentrons alors que la pluie menace sous les nuages qui déferlent à l'horizon.

Abdul et Ronan s'en vont, comme s'ils se soumettaient à la préséance des anciens. Ils franchissent la grille du parc sur le scooter de Ronan, ils échapperont de justesse à l'orage qui déjà balaye la côte. Nous n'avons pas planifié leur prochaine visite, ils reviendront quand les inquisiteurs auront quitté la place.

Je n'ai pas dit la vérité à William et Véronique sur ma première rencontre avec Abdul, alors qu'il était traqué par la police et tapi dans mes hortensias. J'ai inventé une histoire de châle oublié sur un dossier de chaise au Nautilus, et rapporté par Abdul qui avait une course à faire dans les environs. Je ne sais pas de quoi ils s'inquiètent : que ces deux gamins me volent ? Il n'y a rien à voler… Qu'ils s'installent, s'incrustent à la maison, que je ne puisse plus les mettre dehors quand je serai lassée d'eux ?

Je me souviens de cet homme que je voulais quitter, auquel je disais que notre histoire n'avait pas d'avenir, et qui m'a répondu : « Je te propose le présent, si nous n'avons pas d'avenir commun… »

Vous êtes mon passé, Will et toi, Véro. Hier soir, nous n'avons fait qu'évoquer des souvenirs, nous baladant d'un tournage à l'autre – ces six films dont nous avons partagé l'affiche, William et moi.

Nous avons attendu qu'il soit huit heures du matin à Perth pour discuter sur Skype avec notre fils, Mickael. William et moi nous sommes collés l'un à l'autre, comme eux, là-bas, au bout du monde. Une vraie famille en face d'un couple défait. J'ai ressenti le malaise de Mickael, son sourire contraint, les mots qu'il aurait voulu dire à son père et qu'il n'a pas dits. Il était certainement soulagé aussi, le problème (c'est moi, le problème) allait être résolu.

Quand William est entré, ce soir-là, dans la chambre préparée pour lui, il s'est tourné vers moi. Je ne sais pas ce qu'il a voulu dire, dans son silence, dans son sourire. Attendait-il un geste de ma part, un signe ?

Il y a presque trente ans que nous n'avons pas passé une nuit ensemble. Aujourd'hui, je ne peux même pas imaginer que ça nous arrive de nouveau. Chercher au creux de nos corps les traces de nos étreintes anciennes, quelle amertume. Nos cœurs ne se sont pas éloignés, ils ne sont pas étrangers l'un à l'autre. Nos corps le sont devenus.

*

La voiture de William s'éloigne en direction de la quatre-voies ; du côté opposé apparaît, au sommet de la côte, le scooter de Ronan.

Abdul et Ronan entrent dans la maison, adressent à peine un salut à la nouvelle femme de ménage, Mme Le Tallec, en traversant le hall, et vont s'installer dans le bureau. Ils sont dans un état de fébrilité que je ne leur ai jamais vu. Je pense à la prise de quelque drogue, de la cocaïne peut-être, bien qu'ils n'en soient pas coutumiers. Ils sont comme moi :

fumer de l'herbe leur convient très bien. Non, c'est autre chose, ils ont l'excitation joyeuse de gamins qui viennent de faire une énorme bêtise.

Ronan s'approche de moi et se connecte à la page Instagram que nous avons largement alimentée en photos sur lesquelles j'apparais, à différentes périodes de ma vie, et qu'ils ont recadrées ou enrichies d'effets. Il me montre les dernières images qu'il a postées : elles datent de la veille. C'est un véritable festival, une journée entière avec William Harrison et Julia Beller – dans le parc, le long de la mer, sous les pommiers, attablés sur la terrasse…

Je ne sais comment réagir. Nous ne nous sommes même pas rendu compte qu'ils prenaient des photos, avec cette habitude qu'ils ont de constamment tenir leur portable à la main, comme s'il leur avait été greffé au bout des doigts. Je pense d'abord à William, je crains sa réaction, sa colère. Il va croire que je me suis jouée de lui, que je suis la complice d'Abdul et de Ronan. Que je cours après n'importe quelle occasion de sortir la tête de l'eau, et de vivre quelques instants d'éphémère embellie.

Ronan me tire de mes pensées.

« Regarde le nombre de likes, c'est dingue… »

Oui, c'est dingue, et tout a déjà été récupéré par des sites spécialisés dans la vie des people. Les commentaires abondent, soulignant l'intimité, la tendresse qui émanent de ces photos. « Ils n'auraient jamais dû se séparer » ; « Un couple qui défie le temps » ; « De nouveaux projets ensemble ? » ; « William et Julia, un vrai film d'amour ».

Je m'assieds à mon bureau, j'ai une sensation d'étourdissement. J'ouvre l'ordinateur, attrape aussi mon téléphone portable. C'est une déferlante de petits *bip* annonçant une pluie de messages. Des souvenirs remontent, ceux des lendemains de la première d'un film, quand le téléphone n'arrêtait pas de sonner, et que les compliments, sincères ou hypocrites, se succédaient. Je passais toute la matinée au lit, je faisais semblant d'être rassurée par toutes ces paroles alors que des petits coups au cœur me rappelaient que l'enjeu se trouvait ailleurs, dans l'approbation du public.

Les photos sont belles, pour la plupart. Elles font de William et moi les personnages d'un film contemporain. Elles évoquent ces moments où les héros se trouvent ou se retrouvent, dans une suite de courtes séquences soulignées d'une musique qui embellit le tout. Souvent, ce sont les derniers instants de répit avant les événements qui vont précipiter l'action et relancer les conflits. Je pense à Claude Sautet et surtout à Romy, à ces saynètes qui enfin lui permettaient de sourire, de rire, d'éprouver de l'insouciance.

L'appel de William – je le guettais – arrive dans la soirée. Il est à Saint-Malo, chez Alexander.

Je dis aussitôt :

« Je suis désolée… »

Je n'ai pas le temps d'ajouter un mot de plus que William éclate de rire.

« *Forget it,* ma chérie… tu ne vas pas le croire, devine de qui je viens de recevoir un appel… »

Je ne tente même pas de chercher, j'attends la suite. William prend son temps, il s'amuse :

« Ils ont d'abord envoyé un mail, et puis ils m'ont appelé en s'excusant de me déranger… *JLR, a call from JLR, you get it ?* »

Non, je ne comprends pas.

« Jaguar-Land Rover… Le directeur de la publicité et de la communication de JLR m'a appelé lui-même. Jo Davidson. »

William aime les voitures, et ce, depuis l'enfance. Il possède une incroyable collection de Dinky Toys, ces véhicules miniatures. Dès qu'il a pu le faire, il s'est acheté une Jaguar d'occasion, sa marque favorite, à laquelle il est resté fidèle jusqu'à aujourd'hui. Le siège de JLR est situé à Coventry, sa ville natale, où il se rend encore souvent pour voir ses amis et sa famille. Il y a quelques années, on disait de Coventry qu'elle abritait deux stars de l'exportation, Jaguar-Land Rover et William Harrison.

« Ils veulent acheter les photos, toutes, pour les utiliser. Et peut-être les compléter… *You get it now ?* »

Je n'y avais même pas prêté attention, je ne m'étais intéressée qu'à William et moi. La voiture, une Jaguar dernier modèle, est présente sur une grande partie des photos où nous apparaissons. Sur le quai du port de Doëlan, devant les barques de pêche amarrées dans l'estuaire, devant la longue plage de Fort bloqué… Elle semble faire partie de nos vies, de notre intimité. On nous voit adossés à la portière, ou appuyés sur le capot. Il y a même un cliché où William enfile ses bottes devant le coffre ouvert pendant que, prenant appui sur l'aile arrière, je regarde vers le large. J'ai l'habitude d'emporter un thermos de thé quand je pars pour une randonnée, glissé dans mon sac à dos ou dans la voiture. La photo où je porte le gobelet à mes lèvres, le thermos posé sur le toit de la Jaguar, est vraiment un instant volé. Le soleil déjà bas découpe ma silhouette à contre-jour, et fait briller la carrosserie des ailes avant.

William ne prend pas la peine de me demander mon avis, il sait ma réponse. Je ne me pose pas la question de mon apparence, de mes rides, de ma vieillesse. J'ai l'âge que j'ai, inutile de le cacher, l'information figure en tête de la page qui m'est consacrée sur Wikipédia. J'ai choisi de ressembler aux femmes de ma génération, pas à une momie avec une gueule de chat.

Jo Davidson a déjà évoqué (il est sûr d'obtenir notre accord) le thème de la campagne à venir : le temps, la durée, la fidélité. Il a parlé d'une accroche de ce type : « Ce qui passe et ce qui dure » ; « Ce qui défie le temps » ; « Le temps est leur allié »…

William ajoute qu'il y a beaucoup d'argent à la clef. Il est convaincu que Jo Davidson s'est dépêché de faire cette proposition dans la crainte que d'autres marques en mesure de tirer parti d'un couple comme le nôtre ne nous contactent avant lui. Il a déjà posé une condition : que JLR garde l'exclusivité de notre participation commune à une campagne publicitaire.

Je tente, au milieu des propos enthousiastes de William et de son excitation, d'analyser la situation. Il se propose de négocier à ma place, de joindre nos contrats. Je réponds en riant :

« Tu vas te faire payer plus cher que moi, parce que c'est ta voiture... »

Une évidence m'apparaît soudain : il faut payer les auteurs de ces photos, Abdul et Ronan. J'évoque cette question avec William. Je n'ai pas envie de les mettre sur le devant de la scène. Je pense qu'ils seraient mal à l'aise tous les deux. Nous convenons, Will et moi, de leur donner à chacun une part de l'argent de notre contrat. En cash, bien sûr, en « images pieuses ». C'est le langage codé que j'utilise avec les artisans qui font, au noir, des réparations et l'entretien au Château des pommes : « Vous aimez les images pieuses ? »

Nous partageons un moment de silence, Will et moi : qu'est-ce qui, sur ces photos prises à notre insu, porte si haut l'image de notre couple et fait croire encore à sa réalité ?

Au moment de terminer notre conversation, William me dit :

« Julia, méfie-toi de ces deux garçons, quand même… »

J'appelle Lucas, dont l'une des collaboratrices s'occupe spécifiquement de la participation des acteurs à des campagnes de publicité (ils appellent ça, d'un ton hautain, « faire de la réclame »). Avec son sérieux coutumier, il s'inquiète d'abord de l'exploitation des photographies et me fait envoyer par son secrétariat un contrat-type de cession de droits. Puis il réfléchit un moment à la somme que nous pouvons demander aux avocats de JLR. Ce qu'il suggère est bien plus élevé que notre estimation spontanée, à William et à moi. C'est là une des grandes qualités de Lucas : son audace, qui n'est que la conséquence de son extraordinaire connaissance du marché.

« Ils vous veulent, William et toi, et ils se sont piégés eux-mêmes en vous le faisant savoir. Tout a un coût, ma chère Julia, variable évidemment. Vous avez l'avantage, profitez-en… Je n'interviendrai pas dans vos négociations, tu sais que la réclame n'est pas mon terrain, mais je vais voir ça avec notre avocat, maître Schwerer, je le préviens. »

Je choisis de ne rien cacher à Abdul et Ronan. Cartes sur table. Les garçons sont sidérés par les sommes que j'évoque, celle que nous comptons réclamer, celle, à peine plus modeste, que nous obtiendrons probablement, et la part qui leur reviendra. Ils semblent dépassés, projetés dans un monde inconnu où ils n'ont pas leur place.

Je leur explique pourquoi la situation est avantageuse pour les deux parties, leur détaille le fonctionnement habituel de ce genre d'entreprises : des publicitaires planchent, en vue du lancement d'un nouveau modèle de voiture, sur une campagne qu'ils veulent originale et accrocheuse. L'un d'eux va proposer les thèmes : fidélité et prestige. Comment l'incarner ? En faisant appel à des personnalités publiques, dont l'image et la réputation sont positives et hors du commun. En l'occurrence, un couple… un homme et une femme… parmi les noms évoqués, il y a celui de William, metteur en scène renommé… qu'on relie à moi… et à mes récentes aventures. L'entreprise commande une étude de marketing, pour savoir quel impact nous aurions sur leur clientèle cible, les résultats sont très positifs. Il faut alors nous contacter, obtenir notre accord, avec un passage obligé par nos agents respectifs…, trouver des dates de disponibilité, mais aussi régler les tractations financières, puis engager un photographe de grande réputation, en concertation avec nous. C'est alors le tour des stylistes, maquilleurs, coiffeurs, costumiers, décorateurs. Et puis un jour, on y est, enfin, on passe à l'action.

Des dizaines de personnes auront été impliquées dans ce processus.

Or là, tout est déjà prêt, une aubaine ! Pour eux comme pour nous. Et tout convient : mon trench-coat patiné, la longue veste de William, nos casquettes qui nous protègent du crachin, nos cheveux au vent dans la lumière oblique du soleil, nos attitudes – nous sommes proches, attentifs l'un à l'autre, tour à tour rieurs puis songeurs... parce que tout ça est vrai, et que personne n'aurait pu le recréer de toutes pièces lors d'un shooting... « Ce qui passe et ce qui dure... »

J'ai toujours refusé de placer mon regard dans l'objectif des photographes. Ce qui a parfois provoqué des séances houleuses avec certains d'entre eux.

« Pourquoi vous ne voulez pas regarder l'appareil ? Tous les autres le font, spontanément. »

Ma réponse ne varie pas :

« Si je vous donne mon regard, je vous sollicite... c'est comme un rendez-vous, un échange, ou un consentement, il n'y aura plus de questions, de doute, de mystère. Faites vos photos en me volant un moment, une attitude, une expression, donnez-moi juste une bonne direction pour mon regard... »

Dès l'obtention de notre accord, les avocats de JLR pressent les choses. Ils rédigent et nous envoient les contrats, dont je fais parvenir mon exemplaire au bureau de Lucas pour vérification avant d'en accepter les termes. Nous convenons d'une date pour nous rencontrer et apposer nos signatures, tous ensemble, sans nous contenter des habituels échanges de courriers. Se pose alors la question du lieu : à Coventry, à Londres, à Paris ?

Je pense que c'est William qui suggère le premier que nous nous retrouvions tous à Dinard. La très chic station balnéaire, à quelques encablures de Saint-Malo, est reliée à Londres par plusieurs vols hebdomadaires. Les Anglais ont donc l'élégance de se déplacer jusqu'à mon territoire.

*

Je devrais me réjouir : je suis traitée comme une star, la conductrice de la limousine me demande si je veux écouter de la musique ou ma station de radio favorite, si j'ai un itinéraire préféré pour rejoindre le nord de la Bretagne… elle m'indique qu'elle a prévu une pause, à l'heure qui me conviendra, dans un établissement de bord de route « plus sélect » que les autres.

Pourtant, quelque chose manque, ou quelqu'un.

Autrefois, quand je bénéficiais de ces égards, de ce traitement privilégié, surtout lors des tournages en Amérique, j'avais la boule au ventre, oui, j'avais peur, mais je m'en nourrissais. Nous roulions dans les rues de New York ou sur les autoroutes de Los Angeles, très tôt le matin ; je murmurais encore et encore les répliques des scènes au programme de la journée, j'avais hâte de retrouver ma coach d'anglais et son sourire quand elle était enfin satisfaite de ma prononciation.

J'éprouvais les mêmes sensations en France, quand j'arrivais sur le plateau pour me jeter à corps perdu dans le tournage d'une scène qui requérait à la fois un abandon et un engagement totaux. Ce genre de scènes dont le réalisateur, lorsqu'il me faisait la cour, disait : « Il n'y a que vous qui savez jouer une telle gamme de sentiments, j'ai écrit cette scène en pensant à vous... » William prétend que nous sommes alors comme des artistes de cirque, des trapézistes qui se préparent à braver le vertige. Livrer une émotion forte, c'est comme un saut dans le vide, il y a un risque de perte de contrôle. Il est arrivé, certaines fois, que l'équipe entière applaudisse spontanément à la fin d'une prise. Bravo l'artiste !

Quand il était petit, Mickael ne parvenait pas à dire correctement le mot « jouer », on entendait « jouir ». Je n'y avais pas vraiment fait attention, jusqu'au jour où sa maîtresse d'école a demandé à me voir. À la question : « Quelle est la profession de vos parents ? », Mickael avait répondu : « Le métier de maman, c'est jouir. »

Je me souviens d'un article dans un quotidien – c'était, je crois, *Libération* – pour lequel on avait interrogé des metteurs en scène de cinéma : « Pourquoi filmez-vous ? » Les déclarations publiées étaient, dans leur ensemble, peu intéressantes, égocentrées, sans aucun lyrisme ni quelconque envolée. Les journalistes, probablement aussi frustrés que les lecteurs, ont pensé que les comédiens délivreraient des réponses autrement plus fantaisistes et surprenantes à la question : « Pourquoi jouez-vous ? » Or les résultats de ce second reportage n'ont même pas été publiés, en raison de la médiocrité des textes reçus, qu'ils soient succincts ou argumentés. On y trouvait, paraît-il, une cinquantaine de « Je joue, donc je suis ». Pour ma part, je me suis abstenue de répondre, car le jour où j'ai commencé à rêver de devenir actrice, j'ai décidé de ne pas chercher à savoir pourquoi je le voulais absolument, ça et rien d'autre.

Peut-être que mon petit Mickael avait raison. Peut-être pensais-je que jouer, c'était jouir.

Chabrol m'a dit un jour, alors que nous évoquions son cameraman et son ingénieur du son : « Ils peuvent bien se tortiller, tous nos techniciens, nous emmerder avec leurs états d'âme ou leurs questions syndicales, il n'y a qu'une vérité : c'est pas leur tête qu'est sur l'écran, ni la mienne, c'est la vôtre, les vôtres… À votre service, ma chère Julia. »

Il n'y a rien de tout cela, aujourd'hui, sur cette route vallonnée et sinueuse qui va vers le nord. Pas de danger, pas de challenge. Juste, au bout de la route, un homme d'affaires, un juriste et un publicitaire, qui auront rempli leur mission quand j'aurai paraphé et signé les trente pages entérinant notre accord.

Pourtant, quand nous approchons et franchissons le barrage de la Rance, quelque chose m'étreint. J'ai lâché Abdul. Les garçons ont dormi au second étage. M'ont regardée partir. J'ai demandé à Maryvonne de ne quitter la maison qu'après leur départ. Je m'en veux d'avoir encore ces réflexes de méfiance, de peur. Il serait bon que je m'en débarrasse. J'ai l'impression de trahir Abdul en entreprenant ce voyage sans lui. Il a tout fait, depuis le premier jour. Me convaincre, me présenter Ronan, gagner ma confiance. Abdul le rêveur, la tête dans les étoiles, et Ronan le pragmatique, les pieds sur terre. Je suis une voleuse. Ils vont recevoir une belle somme, mais ils méritent bien plus. Un photographe professionnel, qui n'aurait peut-être pas leur sensibilité, toucherait dix fois leur paye. Je veux en parler à William.

*

Je ne m'attendais pas à un tel comité d'accueil. Dominique, le président du groupe Barrière, guette mon arrivée dans le hall du Grand Hôtel. L'établissement a été entièrement rénové, il en est très fier et m'accompagne lui-même jusqu'à la chambre qu'il m'a réservée. Sur la porte, une plaque porte ces mots : « Suite Julia Beller ».

« Vous êtes la première à l'occuper, j'en suis ravi. »

J'entre dans le salon où doivent avoir lieu nos entretiens et la signature des contrats avec JLR. Lucas est présent, qui me regarde avec son sourire malin et s'amuse de mon étonnement. Il a dû penser que le montant du contrat justifiait sa participation. Moi, je suis là et je ne suis pas là, dans cette salle où flotte encore une odeur de peinture fraîche.

Je me souviens de ce metteur en scène qui voulait à toute force travailler avec moi, et dont j'ai finalement accepté la proposition, après plusieurs refus, quand il m'a promis de réécrire mon rôle en tenant compte de mes remarques et de mes réserves. Ce n'est que le premier jour de tournage que l'on m'a remis la « nouvelle » version du scénario, sans la moindre modification, ou si peu. J'ai appelé Lucas, lui ai demandé s'il était possible de me retirer en payant un dédit aux producteurs. Mais non, ce n'était pas possible, et ce n'était pas non plus souhaitable, il fallait que je gagne de l'argent. J'ai convoqué le metteur en scène, qui m'a rejointe dans ma caravane.

« Vous m'avez menti, vous avez trahi ma confiance. Vous aurez ma présence physique sur votre plateau, rien de plus. Nous ne nous adresserons pas la parole, et vous passerez par votre assistant et votre scripte pour me donner des indications. »

Être là et ne pas être là.

Je ne m'intéresse pas aux jeux d'argent, car je serais vite emportée dans des excès et des aventures irréversibles, mais j'aurais fait une redoutable joueuse de poker. Je ne questionne pas les autres, je ne les écoute pas, je les observe. Leurs yeux, surtout. Jusqu'ici, je me suis rarement trompée. J'ai acquis, grâce à mon travail d'actrice, plus qu'une grande expérience : une véritable science de l'expressivité des regards. Je décèle, je vois, je sais.

Combien de gros plans m'a-t-il fallu tourner, et avec combien de partenaires différents, pour atteindre ces moments de vérité ? Il y a les acteurs qui vous aiment, ceux qui vous jalousent, ceux qui vous craignent : rien de tout cela ne peut m'être caché. Ceux qui donnent, ceux qui gardent, qui refusent. Ceux qui ont peur, qui me voient au cours d'une prise déployer mes ailes, inventive, inspirée… Alors ils sortent de leur propre personnage, ils redeviennent de simples acteurs qui paniquent et redoutent que je leur vole la scène en les laissant dans l'ombre. Rares sont les vrais échanges, ceux où nous dépassons le jeu pour être ensemble, au cœur des personnages. Il y a encore ceux et celles qui jouent seuls, dont le regard me traverse sans se poser sur moi, et qui me condamnent à faire de même. Pas mon genre.

Cette science des regards, sur laquelle je m'appuie, est mon détecteur de mensonges. Et aussi de sentiments. Les hommes et les femmes politiques sont certainement les seuls qui peuvent rivaliser avec les acteurs à cette science du jeu. Il y a de très bons comédiens parmi eux, mais aucun de ceux que j'ai rencontrés n'a passé avec succès l'épreuve des regards. Quels que soient leur sincérité et leur engagement, au plus fort d'un discours ou d'une conversation passionnée, il traîne au fond de leurs yeux une lueur de contentement, signe de leur incapacité à s'oublier même un instant. Ils savent quand ils agrippent leurs auditeurs, quand l'attention fléchit, et ils ont en même temps cette conscience suraiguë d'eux-mêmes, ultime obstacle à tout abandon, qui révèle leur faiblesse, cette quête incessante, auprès de leurs interlocuteurs, d'une marque d'approbation, d'admiration, de soutien.

J'ai été la maîtresse d'un homme politique, qui fut plusieurs fois ministre. Il insistait pour que notre liaison restât secrète, avec l'intention de protéger sa famille et son image d'honnête homme fidèle aux valeurs qu'il revendiquait. Il aurait pourtant tellement aimé que notre histoire soit publique, car il en était flatté, avec une naïveté qui m'amusait beaucoup. Il était convaincu qu'être l'amant de Julia Beller eût été profitable à sa propre image. J'ai eu l'occasion de rencontrer, en sa compagnie, d'illustres représentants du monde politique ; l'attraction qu'exerçait sur eux la plus médiocre des starlettes, n'importe laquelle de ces petites chanteuses à la voix de casserole aussi vite disparue qu'apparue, m'a toujours ébahie. La raison de cette fascination, c'est peut-être que nous sommes capables, nous les artistes, connus ou inconnus, talentueux ou non, de coups de folie, d'actions irréfléchies, de décisions sans appel. Eux ne s'y aventurent jamais.

J'ai quitté cet homme dans des circonstances où il aurait sans doute vraiment eu besoin de moi : lors d'un changement de gouvernement, il visait un ministère régalien, qui lui a été refusé. Celui qu'on a nommé à sa place était un homme excentrique, un séducteur, un viveur. Le temps des hommes au comportement irréprochable semblait dépassé, place à d'autres critères – les compétences certes, mais aussi la notoriété, le faste, l'éclat.

Nous nous sommes vus le lendemain de cette déception, il m'avait pressée de déjeuner avec lui. Il accusait le coup, me posait des questions inhabituelles sur des livres, des films qui rencontraient du succès, sur leur contenu, ou leur message, quand il y en avait un. Qu'est-ce qui lui avait échappé ? Le monde allait donc continuer de tourner sans lui ? Il regardait si l'on nous observait, voulant être sûr que tous les clients nous voient ensemble. J'ai lu dans ses yeux qu'il faisait ce calcul : et si je quittais ma femme, et si je me mettais avec toi officiellement, je changerais l'idée que les gens se font de moi, c'est une belle opportunité, ta popularité redorerait mon image…

Il a reçu un appel, s'est éclipsé pour répondre. J'ai sorti mon carnet, rédigé un mot, l'ai déposé sur la nappe : « La plus grande qualité d'un homme, c'est qu'il n'attende rien de moi… » Je me suis levée de table, j'ai pris mon temps pour sortir du restaurant, en affichant un air décidé, afin que les clients n'aient pas de doute sur l'incident qui venait de se dérouler – une célèbre actrice française venait de quitter son amant.

Peu importent vos attitudes, vos gestes, vos sourires, messieurs les gens d'affaires. Vos yeux me disent vos doutes, ma réputation m'a précédée, Julia Beller est imprévisible, elle peut changer d'avis, refuser de signer, n'ayez pas l'air de lui imposer quelque chose mais plutôt de le lui proposer. William, lui, connaît la chanson : un moment avec moi, tendre et attentif, un autre avec les businessmen, tendu et sur le qui-vive.

Il n'y a pas un seul regard comme j'en espère chaque jour. Le plus beau regard de ces mois passés, ce sont les yeux d'Abdul. Lui m'aime, à sa manière. Mickael ne me regarde pas comme Abdul le fait. Mon fils se tient à distance, même auprès de moi. Je lis dans ses yeux : « Tu as vécu ta vie, je t'ai laissée, je vis la mienne, laisse-moi… »

Enfin, tout est signé et paraphé. Nous poursuivons nos conversations policées pendant le déjeuner. Les délégués de JLR échangent quelques coups d'œil discrets. Ils ont quelque chose à annoncer, et guettent le moment opportun.

Les serveurs débarrassent nos assiettes et s'éloignent, l'un des négociateurs se lance : ils aimeraient compléter (« enrichir » est le mot qu'il emploie) la campagne par d'autres photographies, plus parlantes d'un point de vue purement publicitaire, de William et moi à l'intérieur de la Jaguar, par exemple, afin de mettre en valeur l'élégance des matières qui composent la cabine, le bois, le cuir, souligner le confort des sièges, l'aisance de la conduite…

Il laisse sa phrase en suspens un instant, je saisis ce silence et lui réponds d'intuition (je sais très bien qu'après avoir pesé le pour et le contre, j'en reviens toujours à la pensée qui m'a d'abord traversé l'esprit) :

« Vous êtes sûrs ? Ce qui vous a plu, c'est justement que ces photographies sont différentes, rien n'est calculé. Ne brisez pas le charme. Tous vos concurrents vantent la performance des voitures, leur moteur… ici, c'est une ambiance, c'est l'entrée clandestine dans une intimité, dans un univers… »

Je prends la cigarette posée sur la table, la fais rouler entre mes doigts. Je saisis un regard désapprobateur de Dominique, le maître des lieux.

« Ne vous en faites pas, je ne l'allumerai pas, je ne fume pas, d'ailleurs je n'ai jamais fumé... »

Je me tourne vers le négociateur, plonge mes yeux dans les siens :

« C'est comme l'hypnose, qui se fonde sur la suggestion, pas sur la démonstration... La mer, le ciel, un couple. Et une Jaguar. Gardez ces images qui vous distinguent, n'y mêlez pas des clichés superflus. Ce ne serait pas enrichir, plutôt banaliser, appauvrir... »

Mes yeux font le tour de la table, William est épaté et se dit certainement que je n'ai rien perdu de mon insolente fantaisie.

« Je ne suis pas opposée, cependant, à une autre séance de photographies, et si vous le désirez vraiment, je la ferai, nous la ferons. Mais en deuxième vague... qu'en pensez-vous ? »

Lucas rit sous cape, il imagine déjà un doublement du contrat. Les businessmen dodelinent du chef, réfléchissent, ou font semblant. Ils aimeraient se concerter, ma présence les en empêche.

Celui qui a fait la proposition me sourit :

« Si nous optons pour une séance supplémentaire, voulez-vous la faire avec ces jeunes photographes qui ont pris les premières photos ? »

*

Nous sommes invités, William, Lucas et moi, à passer la soirée à Dinard et à ne repartir que le lendemain matin. Je vais donc inaugurer la suite qui porte mon nom au grand hôtel. William propose de nous emmener dîner à Saint-Malo. Nous venons à peine de nous installer qu'Alexander entre dans le restaurant et se joint à nous.

Le coup d'œil échangé entre William et Lucas ne m'a pas échappé. La soirée ici, le restaurant, la présence du dramaturge, tout ça a fait l'objet d'une concertation en amont. Je me doute du sujet qu'on va bientôt mettre sur la table. Alexander se penche vers moi :

« *My darling*, j'ai été approché pour écrire une nouvelle adaptation au théâtre de l'*Eve* de Mankiewicz. Je ne donnerai ma réponse qu'après avoir entendu la tienne. Si c'est toi qui joues Margo, et Will qui signe la mise en scène, j'accepterai. »

Je ne dis rien, tous les trois savent mes refus répétés de monter sur une scène. Alexander ajoute :

« Je ferai mon travail en fonction de toi. Je ne sais pas encore où je situerai l'action, New York, Londres, Paris… et puis il y a l'âge des personnages, je trouve très intéressant que Margo ait atteint la cinquantaine, cela crée une nouvelle dimension, moins de cynisme et plus d'émotion… »

Une sensation familière, qui m'avait manqué et qu'en même temps je redoute, se glisse en moi. La boule au ventre. J'ai peur, je vais sauter dans le vide. Et j'aime ça. Quand je joue, il arrive que surgissent des images lointaines, tels des rêves éveillés, un regard désespéré de ma mère, un cri de mon père… Comme des lueurs qui s'échapperaient de mon cerveau et passeraient furtivement devant mes yeux. Elles arrivent au milieu d'une prise, sans crier gare ; je sais alors que je suis là où je veux être, que je ne fais plus semblant, que je vais m'y brûler, que j'avance sur un fil. Et qu'il le faut. Les images se succèdent par bouffées, se mêlent, ma première audition au Conservatoire, le trac qui m'ôte le souffle, je ne vais pas y arriver, je vais être rejetée, j'ai envie de les supplier de me garder…

Je me suis souvent demandé si d'autres comédiens revivaient ainsi ce genre de moments charnières de leur vie, mais je n'ai jamais évoqué le sujet avec l'un d'entre eux. Quand je sens monter cette puissance émotionnelle, je la retiens, je la contrôle comme je peux, surtout ne pas me laisser engloutir. Qu'elle se tienne là, juste derrière mes yeux.

Je m'en suis ouverte un jour à un psychologue, après des journées de tournage où j'étais assaillie par ces sensations, dont je redoutais qu'elles me débordent. Le rôle que j'interprétais était dur, une femme en qui sourdait une folie qui risquait de la mener jusqu'au meurtre. Les moments vécus avec ce psychologue, choisi dans l'annuaire car je ne voulais aucune connexion personnelle entre lui et moi, sont dignes d'un scénario de film ou d'une pièce de théâtre. Lors des premières séances, nous sommes restés assis l'un en face de l'autre. Je ressentais son malaise, je ne parvenais pas à accrocher son regard. Un jour, il s'est levé d'un coup :

« Nous allons faire autrement, comme lors d'une psychanalyse. Mais nous allons inverser les rôles, prenez mon fauteuil, je vais m'allonger... »

Ce qu'il a fait aussitôt, tout en m'indiquant le siège placé derrière le divan. Il a ajouté :

« Je suis sûr de l'attention que vous allez porter à mes paroles, dans cette position où votre devoir est d'écouter... chaque mot, chaque silence compte... »

J'ai attendu quelques secondes, j'entendais son souffle, il a pris une inspiration plus profonde et s'est mis à parler. Il lâchait ses mots comme s'il ne pouvait pas les retenir.

« Je ne veux pas vous aider à démêler tout ça, votre talent et votre singularité viennent de là. Si nous trouvons les clefs, vous pourrez ouvrir ou fermer cette porte intérieure quand ça vous chantera, mais vous perdrez quelque chose : votre énigme personnelle. J'ai déjà eu des créateurs sur mon divan, nous avons interrompu notre travail quand j'ai compris que nous allions assécher la source. Vous deviendriez une actrice banale, comme il y en a tant. Restez qui vous êtes, Julia Beller... »

Je guettais chaque mot, et je les ai conservés dans ma mémoire. Il s'est relevé, est venu s'asseoir à son bureau.

« Trouvez un autre psychologue, si vous y tenez vraiment... Mais mon conseil est plutôt le suivant :

ne prenez personne. Vous n'êtes pas malheureuse. Vous êtes inquiète. C'est votre force. Si je vous sentais en danger, je vous aiderais. Le danger pour vous, ce serait de changer, d'arrêter la machine… »

Je n'ai pas répondu à Alexander. Le soir même, je n'arrive pas à m'endormir, il ne me vient que des questions sans réponse : quelle partenaire pour jouer Eve ? Certainement pas l'une de ces petites actrices croisées en Sibérie, aucune d'elles ne ferait le poids. Cette pièce est l'histoire d'un combat entre deux femmes, je veux une adversaire à qui me mesurer à chaque représentation, pas une starlette que je pourrais d'une réplique renvoyer en coulisse.

Ce que personne n'a jamais su, c'est ce jeu qui existait entre William et moi, quand nous jouions ensemble : lorsqu'une prise allait être lancée, juste avant le mot « Action ! » qui fait battre le cœur, William me glissait à l'oreille un adjectif exprimant une humeur, une sensibilité, une impression qui lui semblait appropriée à la scène et qu'il désirait trouver dans mon jeu. Il tenait à me prouver, encore et encore, qu'il se préoccupait plus de moi que de lui-même.

Quel genre de théâtre pour *Eve* ? Une jauge de cinq cents places, pas plus, je n'aurais pas la puissance vocale pour les grandes salles. Si je devais jouer la pièce en anglais, j'aimerais avoir pour partenaire, dans le rôle d'Addison DeWitt, Hugh Bonneville.

Je lui ai donné la réplique, il y a une vingtaine d'années, lors d'essais pour un film américain, où il était en concurrence avec d'autres comédiens. Il était mon favori, pas celui du producteur ni du réalisateur. Hugh a été très déçu d'être évincé. Je lui ai écrit un petit mot pour lui exprimer mon plaisir de l'avoir rencontré, ainsi que la confiance que j'avais en son talent et dans la carrière qui l'attendait.

Ma pensée revient vers Eve. Le film de Joseph Mankiewicz est le récit d'une manipulation. Margo, une actrice renommée, engage à son service une jeune femme, Eve, qui est sa plus fervente admiratrice. Celle-ci saura se rendre indispensable, afin de pouvoir assouvir sa propre ambition et ses rêves de gloire, en allant jusqu'à trahir sa bienfaitrice.

En acceptant ce rôle, j'entrerai dans la lumière une dernière fois, où j'accueillerai une jeune actrice avec qui je partagerai les feux de la rampe, avant qu'elle ne me repousse dans l'ombre. La fiction et la réalité.

La belle opération est suspendue à un seul mot, qu'on attend de moi. Oui ou non.

*

Lucas décide de venir avec moi jusqu'au Château des pommes. Il a envie que nous passions un peu de temps ensemble. Il propose de libérer l'aimable et discrète conductrice, et de louer une voiture qu'il conduira lui-même. C'est une journée comme je les chéris, avec des rafales de vent qui balayent les nuages noirs et laissent la place à un éblouissant soleil, qu'une averse brève fait à son tour disparaître.

Lucas est d'humeur nerveuse, il parle tout haut puis marmonne tout bas.

« Ce sont des requins, ces gars de JLR, je suis convaincu que leur chauffeuse est de mèche avec eux, elle aurait rapporté notre conversation… Je n'étais pas prévenu de leur plan, faire un autre shooting, j'ai eu peur qu'ils conditionnent l'ensemble de l'opération à votre accord là-dessus… À propos, je n'ai pas eu le temps de t'en parler, j'ai refusé une offre que j'ai reçue pour toi du groupe Accor : ils voulaient que tu sois l'ambassadrice des MGallery, une chaîne d'hôtels situés dans le centre des grandes villes européennes, mais il aurait fallu faire des séances photo dans plusieurs établissements, beaucoup de déplacements pour pas grand-chose, et puis les MGallery ne sont que des quatre-étoiles, pas des palaces… »

À l'évocation de ces hôtels, à Naples, à Vienne, à Budapest, je m'imagine y entraînant Abdul avec moi, lui qui n'a jamais voyagé et qui ne connaît de ces villes que le nom. Ç'aurait été une bonne raison d'accepter cette proposition – je garde cette pensée pour moi, que Lucas ne comprendrait pas, ni personne d'autre.

Nous avons été très proches, Lucas et moi, quand il est tombé amoureux d'une célèbre comédienne. Lucas ne parvenait pas à être heureux, car un sentiment dominait son amour pour elle, la peur de la perdre, ce qui l'a rendu trop attentionné, trop précautionneux, presque inquisiteur, alors qu'il aurait dû se montrer audacieux, imprévisible et généreux. Il avait tant envie alors de se confier à moi… Elle doit savoir, Julia, actrice elle aussi, elle doit comprendre, se disait-il. Il se retenait de me poser ces questions, que je devinais et auxquelles je répondais sans qu'il les ait formulées. La fin de cet amour – la belle, étouffant sous les attentions et les recommandations de son prince, s'est envolée un matin avec un aventurier – l'a jeté dans une profonde dépression. Je l'appelais chaque jour, et nous ne parlions jamais de la disparue. Je sais que notre lien particulier remonte à ces événements, et à nos conversations qui n'abordaient pas la souffrance de front.

Lucas poursuit consciencieusement son rapport :

« J'ai reçu des scénarios pour toi, sans intérêt, mais je constate que les rôles qu'on te propose sont de plus en plus importants, je n'oublierai jamais la leçon que tu m'as donnée, quand tu m'as dit un jour que l'unique question à se poser avant d'accepter un rôle secondaire était celle de sa nécessité dans l'histoire, et si on pouvait s'en passer, alors il fallait laisser tomber… »

Le seul sujet qui importe vraiment, à cette heure, Lucas l'évite et le garde pour notre arrivée au Château des pommes. William a été dans l'incapacité d'exprimer une opinion claire, ou même d'en avoir une, sur les deux jeunes occupants de ma maison. Il avait anticipé d'avoir affaire à des petits voyous, ou à des prédateurs rusés. Il a rencontré deux jeunes gens délurés, entreprenants et charmeurs, qui, à notre insu, viennent de nous faire gagner une somme d'argent importante, de quoi vivre tranquilles quelque temps. Pas de quoi noircir leur portrait.

Je m'en veux de ne pas avoir interrompu Lucas tout à l'heure, ni eu le courage de lui dire que je voulais faire un tour d'Europe dans des hôtels quatre étoiles avec Abdul, et avec Ronan aussi.

# Abdul

J'ai déconné. J'aurais dû dire à Julia que la nouvelle femme de ménage que j'ai trouvée, c'est ma mère. Maryvonne Le Tallec, c'est ma mère.

Julia a même pas regardé les papiers qu'on a remplis, Ronan et moi, pour la cession des droits, sans quoi elle aurait fait le rapprochement. Ma mère, elle me croyait pas quand je disais que j'étais devenu proche d'une vedette comme Julia. Et que je faisais quelque chose de bien. Elle voulait vérifier. Le problème, c'est mon père, il lui a beaucoup menti, il a triché. Tel père, tel fils. Elle en démord pas.

Moi, je voulais pas qu'elle vienne chez Julia, c'est mon territoire. Elle a insisté, entre autres parce qu'elle a perdu un employeur qui a vendu sa maison. Alors elle veut du travail en plus, et me surveiller en même temps. Un château, pour elle, c'est forcément un lieu où je vais pour me conduire en voyou, en voleur. J'ai fini par céder, et je lui ai dit :

« On dévoile pas qui tu es, histoire que Julia aille pas croire que je profite de la situation, ou que je prépare une embrouille, un encerclement. »

Ça aurait pu bien se passer, mais là, c'est en train de merder. Par ma faute. J'ai dû trop bien jouer mon rôle, quand j'arrivais chez Julia et que ma mère était déjà en train de bosser : je la saluais à peine, je lui accordais aucune attention. En fait, c'est avec l'absence de Julia que ça a commencé à déconner. Elle a appelé hier, dans l'après-midi, pour dire qu'elle reviendrait que le lendemain. Ma mère a interrompu son ménage, elle s'est installée sur la terrasse et a fumé un clope. Puis elle est rentrée dans la maison, est ressortie avec une bouteille de Ricard et des verres. Elle a appelé Ronan, qui traînait dans le bureau et l'a rejointe. Ils se sont servi à boire, ma mère avait aucune intention de se remettre au nettoyage de la cuisine. Je lui ai fait remarquer qu'elle avait pas fini son boulot. Elle m'a répondu que Julia s'en rendrait même pas compte, et elle a ajouté :

« T'as pas à me donner des ordres, t'es un intrus ici, comme nous. »

Ça a fait rigoler Ronan, l'alcool le dévergonde, lui qu'est toujours cool et mesuré. Il s'est mis à parler très fort :

« Elle se fout de notre gueule, elle nous prend pour des gagne-petit, elle nous laisse des miettes… »

J'ai pris la défense de Julia, elle avait été franche sur ce qu'elle et William allaient gagner, sur ce que nous, on allait gagner. J'ai ajouté qu'on n'aurait même jamais rêvé de gagner ça, et que je comptais en donner une grosse partie à ma mère.

« Sans nous, ce pognon existe pas, a dit Ronan.

— Et sans eux, il existe pas non plus.

— Exact, c'est eux qui ont la main. Te laisse pas avoir, Abdul, en ce moment ils discutent avec des riches, entre eux, on devrait être là-bas. On s'est gourés, fallait monnayer notre travail. Elle a dit un chiffre, t'as accepté, on n'a même pas discuté.

— C'est un début, y aura d'autres occasions. »

Ronan a tapé sur la table avec son verre. La colère le gagnait, qui venait de loin.

« Elle a plus besoin de nous, on lui a mâché tout le travail, t'es trop naïf, elle en a jamais rien eu à foutre de nous. »

Je savais plus quoi dire. En fait, y avait rien à dire. Fin du dialogue avec Ronan. J'aimais pas sa présence, tout d'un coup, ni celle de ma mère, sur la terrasse du Château des pommes. Comme si je découvrais qu'ils étaient pas tout à fait ceux que je croyais, et que je croyais connaître. Je voyais plus sur leurs visages que les traces de mauvais sentiments, ils étaient amers, frustrés, découragés. Ce qu'ils avaient pas, ce qu'ils auraient jamais, ils le touchaient, à ce moment-là, du doigt et des yeux.

Je les ai pas entendus arriver. C'est Ronan qui se lève brusquement et traverse le hall en direction de la cour. Ils déboulent bruyamment à l'intérieur puis sur la terrasse : il y en a que je connais, d'autres que j'ai jamais vus. Ce sont tous des potes de Ronan, il a dû envoyer des textos à quelques-uns d'entre eux, qui se sont occupés de rameuter les autres.

Ils déposent des bouteilles de vodka sur la table, se faufilent dans le salon pour en rapporter des sièges. Une fille entre dans la cuisine, fouille dans les placards, en extrait des verres. Ronan passe près de moi, il tient une bouteille de cognac :

« T'inquiète, on rangera... »

Je réfléchis pas une seconde, je l'attrape par le bras :

« Vous allez vous tirer, tout de suite... »

J'aurais jamais pensé qu'on se foutrait un jour sur la gueule, Ronan et moi. Et si fort. Il repousse mon bras, sa main touche ma joue, et là, je supporte pas. Je lui lance mon poing dans le visage, il perd l'équilibre et lâche la bouteille qui se brise au sol.

Il se rattrape au bord de la table, je lui laisse pas le temps de se redresser, je le propulse sur les dalles de pierre. Il pousse un cri, il est tombé sur des éclats de verre. Deux types me ceinturent, Ronan se relève, du sang tache sa chemise et coule le long de son bras. Il y a un moment de flottement, ma mère s'approche, me demande d'aller chercher une trousse à pharmacie. Sans attendre, elle entre dans la maison et file vers la chambre de Julia. Je la suis et la rejoins, elle est déjà en train de fouiller dans le placard de la salle de bains, n'y trouve rien. Elle ouvre une penderie, puis une autre, et dans des gestes désordonnés, fait glisser les vêtements de leurs cintres, saisit chemisiers, lingerie, et les jette au travers de la chambre.

Je reconnais pas ma mère, elle a l'air d'une folle. Je saisis ses poignets et tente de la maîtriser. Je l'entraîne vers le lit où je la fais asseoir, au moment où Ronan apparaît en boitant dans l'embrasure de la porte, en gueulant :

« On se casse, faut aller dans une pharmacie, ou à l'hôpital, putain je pisse le sang… »

Il est blanc comme un linge, ses potes le soutiennent, il repart à cloche-pied. Je demande à ma mère d'aller avec eux, lui dis que je me charge de la maison, du nettoyage. Je suis obligé de répéter, elle a pas l'air de m'entendre. Ronan se tient sur un pied au milieu du hall, il envoie une copine dans sa chambre au deuxième étage, lui crie pendant qu'elle grimpe l'escalier :

« Tu ramasses mes affaires, tout, je foutrai plus les pieds ici… »

Je file le train à la fille jusqu'à la chambre de Ronan, en quelques instants elle fourre les fringues dans un sac. Elle lève un regard hostile sur moi :

« Tu me fliques ? »

On redescend, ils sont déjà tous dans la cour. Ma mère est en train de poser un drap, qu'elle a dû faucher dans l'armoire à linge, sur le siège arrière de sa voiture, et Ronan s'y installe avec des gestes précautionneux. J'ai le temps de m'approcher d'eux, je voudrais dire quelque chose, les mots ne viennent pas. Ronan se cale sur le siège, il me regarde méchamment.

« Putain, t'as été trop con… Tu la baises la vieille, c'est ça ? »

Je vois même pas qu'ils emportent des fringues, des objets, des bouteilles, qu'ils sautent sur les motos et se barrent comme des voleurs. Le partage des richesses, façon expéditive. Je vois qu'une chose : ma mère et Ronan s'en vont. Ils désertent, ils capitulent, après un baroud d'honneur – se payer une bonne pinte chez Julia, un peu de casse, un peu de fauche. Sans retour possible.

La débandade de Ronan et de ma mère me sonne dans un premier temps, je m'assieds sur les marches de l'escalier, il faut que je reprenne mon souffle, et que je me ressaisisse. Je viens de connaître le plus effarant ratage de mon existence, j'ai pas su prévoir ni empêcher le saccage de la demeure de Julia Beller, là où s'est arrêtée ma délinquance, la chance de ma vie.

Sans la blessure de Ronan, il y aurait eu plus de dégâts. Qu'est-ce qui leur a pris ? Ils connaissent même pas Julia. Ronan les a chauffés, galvanisés. Ils avaient pris de la came avant, un truc fort certainement, qui a déclenché leur hystérie à la vue du sang qui coulait des blessures de Ronan.

Ça s'est passé tellement vite. Pas le temps d'analyser, de comprendre. Ça aurait pu ne pas exploser. Mais ça couvait. C'est la faiblesse de Ronan, sous son air sûr de lui. Il croit en personne, il est si sûr d'être trahi qu'il s'arrange en fait pour que ça arrive. Et là, il est comme soulagé, il savait bien qu'il avait raison de se méfier, alors il plonge plus profond dans ses ruminations.

Putain, je peux rien faire pour lui, impossible de démêler tout ça, une couche de vérité, une couche de mensonge, une couche de bonne foi, une couche de mauvaise foi, va-t'y retrouver. Je vais perdre mon pote, je l'ai déjà perdu. Ça me donne envie de pleurer, Ronan, t'as trop de talent, et qu'est ce que tu vas en faire, si tu fais pas le tri dans ta tête ?

Ma mère, elle aurait préféré que je me conduise en voyou, que je chaparde ici et là dans le Château des pommes. Que ça se déroule comme elle s'y attendait, un scénario connu d'avance puisque je suis incorrigible.

Ma mère et moi, c'est une histoire impossible. Pour notre malheur, je suis le sosie de mon père, le portrait craché de la faute. La tête de Turc. Pas un soupçon d'Armorique en moi, de ces belles têtes taillées dans le granit et percées de grands yeux clairs. Le bâtard d'un local, ça passe mieux par ici, ils pourraient jouer aux devinettes : « Elle a couché avec pas mal de gars, Maryvonne, mais le môme va ressembler à son géniteur, en l'observant bien, on saura… »

Elle m'aime, je suis son fils, et en même temps elle me rejette, je suis le fils de Nuri. On en sortira jamais.

Ma première idée est de tout nettoyer, réparer, ranger, en prenant autant de temps qu'il en faudra, et puis de quitter pour toujours le Château des pommes, vu que c'est moi qui ai amené Ronan jusqu'ici. Responsable et coupable.

C'est ce que je décide de dire à Julia et au type qui l'accompagne, son agent, quand ils arrivent en milieu d'après-midi et qu'ils constatent les dégâts. Je savais pas comment te remercier, chère Julia, eh bien voilà, on a improvisé une fête d'adieu, comme celles que tu m'as racontées et que tu aimes tant organiser pour le dernier jour de tournage d'un film.

Tu me prends dans tes bras et tu me serres contre toi, tu mets ta main sur ma bouche pour plus entendre mes « pardon, pardon… » écorchés.

# Julia

Quand nous arrivons au château, en rentrant de Dinard, Lucas m'enjoint d'envoyer balader Abdul et de le foutre dehors sur-le-champ. Il est effaré, moi, je suis inquiète : pas à cause des dégâts, pourtant bien visibles sur les sols, sur les murs, non, c'est l'état dans lequel s'est mis Abdul qui me chamboule.

Les mots jaillissent de sa bouche, en désordre, il claque des dents comme s'il était fouetté par le blizzard, il va et vient, de la cuisine à l'entrée, repart vers l'office, ramasse au hasard des débris jonchant le sol ; il garde les yeux baissés, comme s'il avait juré, dans sa honte, de ne plus jamais les lever vers moi.

Je le suis, à un moment, alors qu'il entre dans la cuisine, je l'oblige à m'écouter. Je crois même que j'élève la voix, comme on gronde un enfant. Il finit par tout me raconter, Maryvonne, sa mère, Ronan et sa bande.

Lucas se tient dans le hall, immobile, il nous observe en silence, redoutant qu'Abdul ne se révolte dans un accès de violence et que j'en fasse les frais. Il me regarde comme si j'étais folle lorsque je lui dis calmement, une fois la crise passée – ce sont les premières paroles que je lui adresse depuis notre arrivée :

« Tu vois, un acteur ne pourrait jamais trouver ces accents-là, cette authenticité… et au fond, ça me plaît, que la vie, la vraie, soit bien plus inventive que nous… »

Je ne chasse pas Abdul, et Lucas refuse de comprendre ma raison. Elle est pourtant simple : Abdul n'a pas participé à l'attaque du Château par les vandales, il a été son défenseur.

Il y a une autre raison, qui m'appartient, celle-là, une histoire de sentiments.

*

Je suis une ressuscitée, je ne me souviens même plus où je me trouvais il y a quelques mois, quels étaient mes pensées, mes espoirs, mes capitulations.

Des scénaristes, qui développent les épisodes d'une série télévisée racontant l'histoire d'une famille de porcelainiers au milieu du vingtième siècle (des années trente aux années soixante), m'appellent régulièrement pour me raconter l'évolution de leur travail, et celle des personnages, du mien en particulier. Solange, que j'interpréterai, sera la clef de voûte de la narration, le rôle central.

Sur les conseils de Lucas, les directeurs de la fiction chez France Télévisions ont pris contact avec moi afin de me soumettre ce projet prestigieux, avant même qu'en soit écrite la première ligne. « Un désir des auteurs », ont-ils précisé, qui espéraient obtenir mon accord de principe afin de pouvoir écrire en s'inspirant de ma personnalité, de mon aura d'actrice, et de l'étendue de mon registre dramatique. Je les cite, bien sûr. Accordé, mesdames et messieurs. Une manière aussi de bloquer mon emploi du temps, de s'assurer un an à l'avance de ma disponibilité.

Lucas a certainement œuvré pour favoriser le lancement de ce projet, il a l'élégance de ne rien revendiquer. Quand je lui demande si d'autres actrices que moi ont été envisagées pour le rôle de Solange, il me répond :

« Tu n'y es pas du tout, ma chérie, ils ont cherché quelle histoire ils pouvaient bien construire autour d'un personnage central que tu incarnerais. Le point de départ, c'est toi... »

Tout ce buzz autour de ma décision, enfin, de monter sur les planches pour jouer Margo Channing dans *All About Eve* a contribué à me remettre dans la lumière et à me rendre visible auprès des décideurs, en cette période de l'année dédiée au lancement de programmes et aux effets d'annonces. Courbes d'audience, de popularité, stratégies commerciales et publicitaires, sondages, parts de marché, répartition des tranches d'âge parmi les téléspectateurs assidus, enquêtes sociologiques, leçons tirées des succès et échecs des séries récentes, évolution de la notoriété de telle ou telle personnalité, tendances sur les réseaux sociaux… mélangez le tout, et vous obtenez une liste de mots clefs à partir desquels vous déterminerez un cadre, des personnages, une époque, des valeurs susceptibles de plaire au public. Il ne reste qu'à transmettre ces résultats prémâchés à différentes équipes chargées de la conception et de la création de contenus, que vous mettez en concurrence. Reste le plus difficile : sur quelle histoire, ou plutôt sur quelle simple ébauche scénaristique, faut-il miser ?

Lucas m'a laissé entendre que ce long processus d'analyse avait mis en évidence un désir confus des spectateurs : qu'on leur raconte une histoire française qui serait le pendant de la série anglaise *Downtown Abbey*, où brille dans le rôle central Hugh Bonneville. Un excellent et précieux signal pour moi.

Si tout avance bien, j'appellerai Hugh pour le lui dire. Je lui parlerai d'*Eve* aussi, de la nouvelle adaptation, et pourquoi pas de représentations à Londres, dans une salle du West End. Ici, en France, nous créerons le spectacle dans une grande ville de province – il y a déjà de la compétition pour nous accueillir – et nous le jouerons ensuite dans la capitale, où plusieurs directeurs de salle ont posé leur candidature.

À la suite de notre briefing dans les salons du Grand Hôtel de Dinard, les décideurs de JLR ont suspendu le projet d'un second shooting, en attendant de pouvoir évaluer l'impact de la première campagne. Après des retours de tests très encourageants, ils ont lancé l'affaire : affiches dans les centres-villes, pages dans les magazines, présence sur le Net…

Guido est remonté des oubliettes où je l'avais expédié, très enthousiaste :

« *Carissima*, c'est fini, les pays de l'Est, j'ai le top pour toi, le festival de Dubai ! »

Non merci, Guido, ni Dubai, ni Shanghai, ni Tokyo. Je suis une actrice en train de travailler un rôle, et je suis comblée. Rien ne manque à mon équilibre. Il manque, peut-être, quelque chose à mon bonheur.

J'ai déjà le trac. Impossible de l'éloigner, je n'essaie même pas. Il n'y a que l'action qui le suspende, lors des séances de travail, presque déjà des répétitions, où je retrouve William et Alexander. Tous deux planchent sur le texte à Saint-Malo, puis ils viennent jusqu'au Château, où ils s'installent pour deux ou trois journées.

Alexander s'en va, William reste. Les rumeurs courent sur Will et moi ; retour de flamme, remariage secret, tout y passe. Ça nous amuse l'un et l'autre. Ça nous arrange, aussi. Mickael se dit très heureux que son père et sa mère se retrouvent dans le cadre d'un projet commun, il nous a fait la promesse d'être là pour la première au théâtre. Je lui ai dit :

« Pas la première, s'il te plaît, tu es le spectateur que j'espère et que je redoute le plus... Viens le deuxième soir, je préfère, j'aurai déjà un peu corrigé les ratages de la veille. »

Tout se déroule comme au terme d'une planification rigoureuse, alors que le hasard seul est responsable. Le hasard, et mon intuition, que d'aucuns nommeraient inconscience. Tout s'est joué en quelques secondes, un soir d'automne, sous la pluie, dans le regard apeuré et brillant d'Abdul. J'aurais pu appeler la police, je ne l'ai pas fait. Je lui ai ouvert la porte et offert un refuge.

# Abdul

Je suis installé au Château. Je ne tiens que par elle. Un guignol retenu par des fils. J'ai pas d'autre endroit où aller. Le monde extérieur n'est pas un lieu sûr. Un jour, je m'en irai, avec tout ce que j'aurai appris.

Je sors quelquefois à la tombée du jour, je passe devant les lieux de vie nocturne où j'ai souvent été. C'est comme un décor, avec des gens qui s'agitent. J'ai changé de monde, il n'y a pas de retour en arrière possible. La seule personne que je vois encore, c'est ma mère, Maryvonne. Je lui apporte de l'argent. Sinon, je vais draguer dans des bars, ou en discothèque, dans les bourgs de la campagne bretonne. Loin des pommes. Je ne ramène personne au Château. Je pense à Ronan, quelquefois.

Je regarde les films tournés par Julia. Il y en a que je connais par cœur, maintenant. J'ai mis du temps à mieux la connaître, et à éloigner la méfiance qui m'empêchait de la voir telle qu'elle est. Je suis bluffé, surtout je sais pas si j'ai pour Julia plus d'admiration ou d'affection. Je ne suis plus son homme à tout faire, je suis son homme de confiance. Ma fonction porte un nom, il paraît : régisseur. J'ai engagé une femme de ménage, Armelle, suite à la désertion de ma mère.

Quelque chose a changé chez Julia, depuis que j'ai un rôle officiel. C'est difficile à expliquer : à la fois elle me donne des marques de confiance, et à la fois elle semble loin, par moments, ou distante. Peut-être parce qu'on a défini les choses, clarifié la situation, tout fait entrer dans des cases avec des repères. Lucas a convaincu Julia que si elle désirait me garder malgré tout, elle devait au moins le faire dans les règles. Elle a pas suivi l'avis initial de son agent, qui lui conseillait de me renvoyer, puisqu'il voyait pas de différence entre les casseurs et moi. Elle a pas voulu, non plus, porter plainte.

On me regarde bizarrement, quand je vais faire un tour au bourg. Je suis le gigolo, à vingt ans, d'une vieille actrice fantasque de soixante-cinq ans. Comment parler de ça avec Julia ? Entre les racontars de Françoise, l'ancienne femme de ménage, et ceux des potes de Ronan, les gens ont envie d'y croire. Ça offre une explication simple à ma présence au Château, ça les rassure, ils connaissent la chanson, argent, solitude, abus de confiance, du cul, et pas d'amour. Juste un arrangement qui convient aux deux parties.

J'ai suggéré à Julia que je pourrais habiter ailleurs. Elle a pas compris mes raisons – forcément, je lui ai pas exposé les vraies – et elle m'a demandé de rester. En fait, j'aurais dû suivre mon envie, et trouver une piaule en ville.

Julia en a rien à foutre, des conventions. Les situations nouvelles lui font pas peur, au contraire, elle semble les attendre, les rechercher, comme une exploratrice. Il y a des soirs où on reste tous les deux dans les canapés du salon, auprès du feu. Julia aime s'y endormir pendant que les braises crépitent encore. Elle m'a jamais demandé de rester auprès d'elle, ni au contraire de la laisser seule. On parle peu, on trouverait pas les mots justes pour expliquer ce qu'on s'apporte mutuellement. Les sentiments valent mieux que les commentaires sur les sentiments.

Julia aime me savoir là, ma présence est un baume quand elle se réveille au cours de la nuit. On a, sans le dire, établi un code de conduite : je ne quitte le canapé qu'au lever du jour, quand les premières lueurs chassent les ténèbres. Se réveiller seule dans la lumière du matin n'est pas une épreuve pour elle, les fantômes s'en vont avec la nuit.

On peut s'endormir l'un près de l'autre, chacun sur un sofa, et passer ainsi de longs moments ensemble ; on ne se touche jamais. Sauf dans des circonstances exceptionnelles. Comme la première fois, quand elle m'a trouvé paumé dans son massif de fleurs et qu'elle a soigné la blessure sur mon crâne. La seconde fois, c'est quand elle est rentrée de Dinard avec Lucas.

Julia a reçu une partie importante du montant du contrat signé avec Jaguar-Land Rover, elle peut donc faire des dépenses et vivre comme elle le désire. À sa demande, j'ai engagé, en plus d'une femme de ménage, un cuisinier. J'ai fait le recrutement sur un site spécialisé, j'ai retenu plusieurs candidatures, et j'ai ensuite reçu moi-même en entretien celles et ceux qui me paraissaient les plus aptes à ces postes. C'était ma première mission en tant que régisseur du Château, et je portais pour l'occasion des vêtements tout neufs, que Julia m'avait recommandé d'acheter – « l'habit fait le moine », avait-elle ajouté dans un éclat de rire. Pantalon de velours côtelé et pull à col roulé, c'est indémodable selon elle, car c'est avant tout confortable.

Maurice, notre cuisinier, a travaillé une quinzaine d'années dans la marine marchande, à bord de cargos mixtes dans les premiers temps, puis sur des navires de croisière à vocation touristique. Il est chargé de faire les courses, de préparer le déjeuner, et aussi de prévoir un plat pour le dîner, que nous n'aurons qu'à réchauffer. Il y a de la vie, maintenant, dans cette grande maison : Maurice en cuisine et à l'office, Armelle au nettoyage du salon et des chambres, et Jean-Roger, le jardinier, arrondissant les massifs en bordure de la terrasse. On respecte tous l'espace réservé de Julia, au rez-de-chaussée, son bureau prolongé d'un petit salon de repos. Je l'entends souvent parler, je la crois en pleine conversation téléphonique, jusqu'au moment où je constate qu'elle répète les mêmes mots, encore et encore. Julia Beller travaille sa diction, et aussi le timbre de sa voix, qu'elle doit porter haut et loin sans effort apparent.

Lucas s'est chargé de tout : mon contrat d'embauche, le montant de ma paye... Je me suis installé un bureau au premier étage. Je gère désormais seul le compte Instagram de Julia. En tant que régisseur, j'ai commencé par faire la liste de tout ce qui attend d'être réparé ou entretenu dans le château, en signalant à Julia ce dont je peux me charger moi-même, et les travaux qui au contraire nécessitent l'intervention de spécialistes. Je prendrai aucune décision que Lucas n'aura pas entérinée. Je sais même pas si c'est vraiment la peine d'y impliquer Julia, la maintenance l'intéresse pas, seule la nouveauté et la découverte retiennent son attention.

J'aurais jamais imaginé qu'un jour on me confierait un travail auquel j'étais pas du tout préparé, et que pourtant j'accomplirais correctement. J'ai toujours été en butte à la méfiance des autres, à leurs a priori négatifs, ça a commencé avec ma mère, à cause du Turc qui a semé sa mauvaise graine. Puis ça s'est poursuivi à l'école pour la même raison, j'avais pas une tête à être du coin, et tous, profs et élèves, se détournaient de moi en espérant ne pas me retrouver à la rentrée suivante.

Avec ça, c'est difficile d'y croire soi-même. Julia, elle, a dès le début aimé chez moi tout ce qui déplaît aux autres. Parce que j'ai une histoire, et qu'elle aime les histoires, encore plus si elle peut les vivre.

# Julia

Voilà plusieurs nuits que je rêve de Mme Jouve, l'un des personnages du film de François Truffaut *La Femme d'à côté*. Mme Jouve est cette dame qui ouvre le film, en demandant à la caméra de reculer, afin que nous découvrions qu'elle boite et qu'elle doit prendre appui sur une canne. Elle s'adresse ensuite au spectateur et lui annonce qu'un drame est arrivé au petit matin : elle se propose de le raconter, en revenant au début de l'histoire.

Voilà peut-être la raison de la persistance de ce rêve : Mme Jouve m'avertit qu'un drame se prépare, et que je n'ai pas voulu le voir. Comme elle, il faut que je remonte le cours des récents événements.

Loïc Quérec et moi sommes restés en contact depuis l'expédition à Boston, et je suis allée l'accueillir quand il a terminé son voyage retour, la traversée de l'Atlantique d'ouest en est, qui l'a ramené de la côte nord-américaine à Port-La-Forêt, son lieu d'attache. Il passe désormais au Château quand il se trouve dans les parages, et ne manque jamais de me proposer une sortie en mer. Si c'est pour quelques heures, j'accepte. Les échappées dans le dédale de l'archipel des Glénans et les tours de l'île de Groix sont mes balades favorites. J'en reviens souvent avec des photos, prises par l'un des équipiers. Avec Abdul, j'en extrais les meilleures et nous les postons sur Instagram, comme des marques de ma fidélité à mes amis navigateurs. Le nombre de likes qui accueille leur apparition sur les réseaux ne faiblit pas, et les sponsors qui soutiennent Loïc n'oublient jamais de m'expédier un somptueux bouquet de fleurs, ou une caisse d'un vin réputé.

Un matin, son nom apparaît sur l'écran de mon portable. Si j'avais su, en répondant à Loïc, où le simple geste de prendre son appel allait nous mener…

« Tu es libre à déjeuner demain ? Tu viendrais jusqu'à Concarneau ? La Coquille, ça te va ? Je ne serai pas seul, il y aura quelqu'un que j'ai rencontré récemment, qui te connaît et aimerait te revoir… »

Je ne cherche pas à savoir qui peut bien être cette personne, et je n'y pense même plus quand je gare ma voiture sur le parking du restaurant. J'aime bien cet endroit, un quai perdu tout au fond de la rade sinueuse et encombrée de chantiers navals, dont l'atmosphère, dans les jours chauds de l'été, évoque les petits ports de la mer de Chine.

Nous restons presque deux heures à table, avant que Loïc ne nous laisse en tête à tête, Ezequiel et moi. Ils ont cru bon de me raconter leur rencontre, à la fin de la *party* de Marina Bay, à Boston. Je ne savais pas qu'Ezequiel s'intéressait à la voile. En fait, je ne sais rien de lui. Je me demande s'il a fait part à Loïc des circonstances de notre première entrevue, lors de cette fameuse soirée d'anniversaire. J'espère qu'il n'a pas eu cette indélicatesse. En revanche, il nous a confié sa frustration et son amertume vis-à-vis de ce qu'il nomme l'isolement du continent sud-américain.

« Nous sommes, a-t-il dit, ceux qui avons le moins de liens avec le reste du monde, qu'ils soient économiques ou politiques. Évidemment, certains pourraient considérer que c'est une chance, que nous devrions devenir autosuffisants, tourner le dos à la mondialisation, mais ce temps-là n'est pas venu – il faut d'abord équilibrer notre balance commerciale, qui est encore tellement déficitaire. Et notre isolement découle de circonstances tragiques : la survivance sur notre continent, jusqu'au siècle dernier, de dictatures, dont l'une des caractéristiques a été de se fermer aux autres pays. »

Quand je le questionne, une fois seule avec lui, sur les raisons de sa présence en France, il me répond :

« Pour les affaires, et pour vous revoir. »

Je le regarde enfin, pour la première fois. Et j'éprouve de la gêne – pas un sentiment de malaise ni l'envie d'être ailleurs, plutôt une sorte de pudeur, car je ressens une attirance pour cet homme et sa manière d'être au monde. Je me sens transportée dans les années passées, à une époque où les hommes et moi prenions le temps de nous plaire, de nous séduire, tout en retardant l'issue de ces moments partagés – une liaison que nous savions, depuis le début, inévitable. Nous désirions encore nous laisser surprendre par les instants, les gestes, les regards qui la précipiteraient.

Dès mon retour de ce déjeuner, je demande à Abdul d'aller sur Internet et d'y chercher des pages, ou des liens, consacrés à Ezequiel Algorta. J'aurais dû à ce moment-là faire cette enquête moi-même, car je l'implique, par paresse ou par négligence, dans une partie de ma vie qui va prendre le dessus sur tout le reste.

Il y a bien des pages, en espagnol, qui rapportent le parcours d'Ezequiel. Nous avons le même âge, lui et moi. Il est né d'une mère argentine et d'un père uruguayen. Après des études d'histoire de l'art et de commerce, il a mis sur pied un réseau de petites salles de cinéma, de type « art et essai », comme on dirait chez nous. Les crises économiques successives de l'Uruguay ont eu pour conséquence la faillite de cette jeune entreprise. Je lis rapidement ces lignes, j'en comprends l'essentiel, même si quelques mots m'échappent. J'y retrouve des sujets, des histoires auxquels Loïc et lui ont fait allusion lors du déjeuner.

Ensuite, Ezequiel s'est tourné vers l'industrie agroalimentaire et a créé une entreprise avec des partenaires argentins. Il a diversifié son activité en se lançant dans l'industrie des loisirs et dans le monde du sport. Il y a quinze ans, il a investi dans une chaîne d'hôtels de petite capacité, répartis dans différentes provinces.

Enfin, le site mentionne sa participation à l'ouverture de multiplexes de cinéma à Montevideo, Salto et Las Piedras. Le parcours d'un homme qui a fait fortune. Je n'en savais rien. Lui doit penser que, forcément, je me suis intéressée à son passé, puisqu'il m'avait voulu à ses côtés pour son anniversaire. Non, je n'y avais même pas songé.

« C'est qui, ce type ? me demande Abdul.

— Je viens de faire sa connaissance, c'est un ami de Loïc. »

Ezequiel s'est installé dans un hôtel qui domine la rivière du Blavet, un ancien manoir du dix-neuvième, à une trentaine de kilomètres du Château des pommes. Il s'est constitué un programme chargé de visites de lieux divers, touristiques pour la plupart. Il m'appelle chaque jour, et certaines fois m'invite à l'accompagner.

Nous apprenons à nous connaître, bien qu'Ezequiel croie déjà en savoir long sur moi, grâce à tous ces rôles qu'il m'a vue interpréter. Je suis attentive à ne pas le laisser prendre l'ascendant sur moi, je tente de répondre à tout, de lui prouver qu'il a tort.

« Nous, les actrices, nous avançons masquées, il ne faut pas se fier aux apparences…

— Le choix du masque est déjà une indication, un chemin vers votre vérité, vous ne croyez pas ? »

Ezequiel peste souvent contre les arcanes de l'administration française. Il a tenté, depuis Montevideo, d'obtenir une audience à Paris avec un ministre, mais on l'a renvoyé vers un secrétaire d'État, puis redirigé vers le directeur de cabinet de celui-ci, lequel s'est défaussé sur son propre chef de cabinet, qui à son tour a fait suivre la requête à un chargé de mission, lequel, après plusieurs mails de relance, a répondu qu'il n'était pas habilité à traiter la demande d'Ezequiel, et lui a donc recommandé de se tourner vers un autre organisme, tout en suggérant qu'une entreprise privée serait peut-être mieux placée pour examiner sa demande…

Ezequiel veut développer les échanges touristiques entre nos deux pays : il n'y a pas de voyageurs français en Uruguay, et ses compatriotes, friands des tours d'Europe en deux semaines, ne voient de la France que ce qu'un passage éclair de trois jours permet d'en visiter. Puisque aucun représentant officiel n'a daigné le recevoir, il va organiser ses visites lui-même, entrer en contact avec d'autres personnes qu'il a déjà ciblées.

Le jour où il m'invite à dîner avec lui dans un restaurant de Pont-Aven, je lui propose de passer me prendre au Château des pommes, qu'il ne connaît pas encore.

Son étonnement et son plaisir, dès son arrivée à la maison, je les crois sincères. Il parle de la lumière, celle d'ici et celle de chez lui, de l'autre côté de l'Atlantique, à la fois comparables et différentes. Il parle de la pierre brune, une exception dans les environs, et des arbres dont la densité savamment travaillée crée un effet de transparence, permettant d'apercevoir le paysage qui glisse jusqu'à la mer. Je sens qu'il retient d'autres mots, je les devine : le Château des pommes est un joyau dont la beauté pourrait être plus éclatante encore avec certains aménagements, mais il sait que je n'ai pas l'argent nécessaire à leur réalisation.

Nous sommes sur la terrasse quand Abdul nous rejoint. Je n'ai pas évoqué devant Ezequiel la présence du jeune homme au château, et je n'ai pas dit la vérité à ce dernier sur ma rencontre avec Ezequiel. Échanges de regards et poignée de main. Sourires convenus, l'impression fugace qu'ils se jaugent l'un l'autre. Je ne veux pas évoquer la soirée avec présence rémunérée à Punta del Este, pas plus que l'irruption dans mon jardin, sous la pluie, d'un jeune dealer en fuite. Tous deux auraient beau jeu de me prodiguer au sujet de l'autre le même conseil avisé : « Elle a drôlement mal commencé, votre relation, tu devrais peut-être te méfier de lui, non ? »

*

Si je veux mettre un coup d'arrêt à la relation sentimentale qu'Ezequiel tente de construire avec moi jour après jour, c'est maintenant que je dois le faire, sur cette route qui longe la mer, en lui demandant de faire demi-tour et de me ramener à la maison. Je connais suffisamment bien cette musique, celle de la drague, de la séduction, de l'attirance, pour comprendre ce qui est en train de se passer : je l'ai entendue de nombreuses fois, je l'ai jouée encore plus souvent.

Ezequiel m'a dit hier qu'il voulait m'emmener avec lui au bout du monde (il a lui-même ri de ces mots) :

« Je veux dire au bout de la terre, le point le plus à l'ouest de France… Tu sais, il y a une émotion si particulière et si forte lorsqu'on se trouve à l'extrémité d'un continent… tu as déjà été au cap de Good Hope ? »

Non, je n'ai jamais été jusqu'au cap de Bonne-Espérance, alors j'accepte, commençons par la pointe du Finistère.

L'histoire est déjà écrite, je n'essaie pas de l'infléchir. Ezequiel a le scénario en main, il a enrichi nos rôles, je n'ai pas émis de réserves, il me laisse la liberté de mes répliques et la possibilité d'improviser. Chaque moment partagé est l'occasion d'en apprendre un peu plus sur lui. Son enfance à Buenos Aires, la francophilie de sa mère, la séparation de ses parents, son choix de vivre auprès de son père. Je sais, depuis notre déjeuner à Concarneau, qu'il a été marié et qu'il a deux enfants, établis l'un et l'autre en Argentine. Je n'ai pas à parler de moi, cet homme sait autant de choses me concernant qu'il est possible d'en savoir.

— Savais-tu que nous nous étions déjà croisés avant la soirée à Punta ? C'était au festival de Mar del Plata, où tu étais l'invitée d'honneur, il y a quinze ans : j'ai dit quelques mots de bienvenue avant ton apparition sur scène, et puis nous avons dîné à la même table, mais tu t'es enfuie avant la fin du repas…

Depuis combien de temps n'ai-je pas fait l'amour ? La dernière fois, c'était avec Jean-Jacques. Notre rencontre est une des plus belles choses qui nous soient arrivées, à tous les deux. Nous avions vingt ans, nous étions des acteurs débutants, naïfs, à la fois confiants et envahis de doutes. Nous sommes devenus amants, puis nos premiers engagements nous ont séparés. Chaque fois que nous nous retrouvions, nous reprenions notre dialogue sentimental où nous l'avions laissé.

Jean-Jacques est tombé amoureux d'une productrice de musique, je me suis effacée. Quand il est revenu vers moi, je venais de rencontrer William, il m'a alors souhaité tout le bonheur du monde. Ma carrière a pris de l'ampleur, pas la sienne. Je l'ai toujours recommandé aux metteurs en scène et aux directeurs de casting. Il a souvent obtenu des rôles secondaires dans les films dont je tenais le rôle central, c'était très joyeux de l'avoir pour partenaire.

Après ma rupture avec William (pendant les douze ans qu'a duré notre histoire, je n'ai fait l'amour avec personne d'autre), j'ai retrouvé Jean-Jacques sur des tournages. Nous sommes redevenus des amants occasionnels, nous prenions soin l'un de l'autre. Je crois que personne n'a eu connaissance de notre secret, d'autant que nous respections tous les deux un pacte, celui de s'effacer lorsque l'autre était emporté par une histoire d'amour forte.

Il y a deux ans, Jean-Jacques est venu jusqu'au Château des pommes pour me dire qu'il était incorrigible et qu'il était encore tombé très amoureux, d'une femme plus jeune que lui. Il a caressé ma joue et m'a dit, sérieux et plaisantin à la fois : « Tu ne m'en veux pas ? »

J'ai tranquillement renoncé à avoir un homme dans ma vie. Il y a du confort dans la solitude, quand elle est acceptée, sinon choisie. C'est le destin inévitable des actrices, nous sommes des maîtresses, pas des épouses. Nous ne pouvons partager nos vies qu'avec ceux qui nous ressemblent et nous comprennent, les acteurs, les réalisateurs, les producteurs, les scénaristes. Ils connaissent nos désirs, nos ambitions, nos anxiétés, ils les partagent même, toute cette gamme de sentiments et d'affects incompréhensibles pour ceux qui sont étrangers à nos métiers.

Je me souviens de ces tournages qui m'emmenaient loin de mes repères, où j'avais la chance d'incarner un personnage qui me plaisait énormément ; j'étais entourée d'une équipe remarquable, j'étais regardée et filmée par un réalisateur investi et inspiré… J'en voulais encore plus, je voulais absolument tomber amoureuse, faire en sorte que ce moment éphémère de mon existence soit plein, je voulais tout en même temps. Au fil du temps, je me suis lentement convaincue que cette plénitude, je ne la retrouverais plus jamais.

Nous arrivons au bout du monde, Ezequiel et moi. L'hôtel est bâti comme une pyramide renversée, sa base est plus étroite que son sommet. Telle une vigie trônant en haut de la falaise, faite de verre et d'acier, face au couchant.

— Mon projet est de construire dans mon pays la réplique exacte de cet hôtel, tournée vers le levant. J'attends l'accord de l'entreprise propriétaire, la chaîne MGallery.

Des hôtels dont Lucas a jugé qu'ils ne convenaient pas à mon image, et grâce auxquels j'aurais pourtant pu emmener Abdul faire un tour d'Europe. Et ça aurait été merveilleux.

Je pénètre dans le hall de cet hôtel perdu tout au bout de la terre. Sans Abdul. Avec Ezequiel, qui me prend par la main.

# Abdul

Ils sont partis il y a deux jours. Julia m'a fait un signe de la main, de loin, sans se retourner :

— À ce soir, Abdul !

Elle devait savoir, à ce moment-là, qu'elle allait pas rentrer. Je l'ai attendue jusqu'à la tombée de la nuit, j'avais allumé un feu vers sept heures, veillé à ce qu'il s'éteigne pas et qu'il y ait beaucoup de braises. Maurice avait cuisiné une tarte aux champignons et à la tomate, que j'ai fait réchauffer. J'y ai à peine touché, j'avais pas faim du tout. Je suis monté dans ma chambre, puis je suis redescendu pour m'allonger dans un des canapés du salon.

J'ai pensé qu'ils avaient peut-être eu un problème, que la voiture de l'Américain était tombée en panne, et que Julia serait contente de me trouver là, devant la cheminée. C'est Julia qui m'a dit, il y a pas longtemps, qu'il n'y avait aucune raison pour que l'appellation « Américain » soit réservée aux seuls habitants des États-Unis : on est américain du nord du Canada jusqu'à la Patagonie.

Tout d'un coup, j'ai pensé qu'elle avait certainement oublié de prendre son portable, et que c'était ça la raison de son silence. Je suis allé voir dans son bureau, j'ai rien trouvé ; j'ai poussé la porte du petit salon, rien non plus. J'ai pas osé aller dans sa chambre, j'y suis entré quelquefois déjà, mais seulement quand elle s'y trouvait, elle.

Julia m'a appelé hier, en fin de matinée. Elle voulait savoir si tout allait bien au Château des pommes, elle m'a demandé si elle avait pris des rendez-vous pour l'après-midi, auquel cas il faudrait que je les annule car elle ne rentrerait que pour l'heure du dîner.

Je l'ai rassurée, y avait pas de rendez-vous, qu'elle prenne son temps. J'attendais qu'elle me donne une explication, qu'elle me dise où elle était, si elle avait besoin de moi. Il y a eu un petit moment de silence, je n'ai pas osé lui poser de questions. Et puis la conversation s'est arrêtée là.

Elle est pas non plus rentrée hier soir. J'avais tout préparé, le feu dans la cheminée et à manger pour trois, au cas où elle aurait invité l'Américain à rester avec nous. Je l'ai attendue jusque tard dans la soirée. Cette fois encore, elle a même pas prévenu qu'elle découchait. La différence avec la veille, c'est que j'étais plus inquiet. C'était autre chose, j'étais mal, à la fois triste et furieux, avec des sensations que je connaissais pas, une boule dans la gorge, des nausées, des envies de pleurer, aussi.

Ce que je ressens là, maintenant – être incapable de chasser de sa tête les pensées qui font du mal, sentir son corps perdre toute énergie au point de plus bouger –, ça me rappelle des choses auxquelles ma mère a fait allusion, une ou deux fois, alors que j'étais rentré à pas d'heure :

— Ne me fais plus jamais ça, ne me fais pas attendre comme ça, je m'inquiète, j'imagine des tas de choses… je préfère que tu me parles mal, là, je saurais te répondre.

Ma mère m'a jamais raconté en détail comment ça s'est passé avec mon père, Nuri : je sais juste qu'il est parti un matin au boulot, et qu'on l'a jamais revu. J'ai compris, quand elle m'a engueulé comme ça, qu'elle avait dû guetter son retour très longtemps avant de se résigner.

Je tape sur Internet le nom de l'Américain, Ezequiel Algorta. Je retrouve la page en espagnol que j'ai consultée avec Julia, il a quelque temps. Il y a plein de mots que je comprends, c'est si semblable au français. Il y a un terme qui revient plusieurs fois, *quiebra*. Je regarde dans le dictionnaire : « faillite ». Apparemment, Ezequiel a connu des hauts et des bas. Évidemment, ça veut rien dire, faillite n'est pas synonyme d'escroquerie. Les types comme lui, avec un bon physique, une sacrée aisance, ils s'en sortent toujours. Il est pas resté longtemps au Château, mais en quelques instants il a pris tout l'espace, il donne l'impression d'être chez lui et de nous recevoir.

Ils arrivent en milieu d'après-midi. Ils font comme s'il s'était rien passé, comme s'ils m'avaient pas laissé seul pendant deux jours sans prévenir. Tout me semble faux dans leur attitude, dans leurs gestes, dans la distance qu'ils se croient obligés de maintenir entre eux, entre leurs corps. Julia me dit juste :

— On s'est baladés, on a été vers le nord, il y a tellement d'endroits que je ne connaissais pas.

L'Américain sort sur la terrasse, Julia le regarde prendre un peu de recul pour contempler le bâtiment. Puis il longe le mur de la cuisine et échappe à notre regard. Julia s'engage dans le petit couloir qui mène à sa chambre. Elle est rentrée au Château que depuis dix minutes, et je suis déjà de nouveau seul.

Par la fenêtre du salon, je vois Julia traverser le parc et rejoindre Ezequiel au bas de la pente. Ils sont tournés vers la façade du Château, ils parlent, ils font de grands gestes, surtout lui. Je me demande s'ils savent que je les observe, ils rient tous les deux, elle a l'air de s'éloigner, il la rattrape par le bras et la serre contre lui. Ils prennent un air sérieux, ils se regardent. Je suis au cinéma, devant une scène d'amour entre Julia Beller et son nouveau compagnon, l'Américain.

Moi, j'aurais préféré que William et Julia se remettent ensemble. Et j'ai cru que ça allait arriver, ce jour où on a fait la balade le long de la côte, avec Ronan et Véronique. C'est ce genre de journées où on a envie d'arrêter le temps, chacun de nous se sentait bien au milieu des autres. Il faut pas tenter de revivre des moments comme ceux-là, ça tient à des choses qu'on maîtrise pas : ce qu'il y a dans la tête des uns et des autres, une averse qui nous tombe dessus, une main tendue pour grimper sur un rocher, un café bu en silence sur une terrasse devant la mer, car les mots qu'on pourrait se dire seraient pas à la hauteur.

Il faut que j'arrête de penser à cette journée, c'était y a pas longtemps et pourtant tout a été chamboulé depuis : je me suis foutu sur la gueule avec Ronan, William s'est fait doubler par l'Américain, Véronique est partie travailler sur un tournage avec la permission de Julia.

Je vais sur Instagram, et là, j'ai un coup au cœur. Il y a des nouvelles photos sur le compte de Julia, mais moi, j'ai rien posté depuis plusieurs jours.

Julia sur un balcon, à contre-jour, tandis que le soleil s'enfonce dans l'océan. Sa silhouette flotte entre terre et mer, à l'heure magique. C'est elle qui m'a expliqué ce que veut dire *magic hour* : juste après la disparition du soleil, avant que la nuit recouvre tout, il y a une vingtaine de minutes où il fait encore jour, il n'y a pas d'ombre, et la lumière est magnifique. Elle a fait un film avec un réalisateur un peu fou qui tournait qu'à ce moment-là, il faisait répéter les acteurs toute la journée puis il attendait que le soleil ait disparu pour lancer le tournage. Julia m'a dit que c'était très frustrant pour elle de jouer dans un laps de temps si resserré, et surtout de sentir que son jeu et celui de ses partenaires avaient moins d'importance que ces fameuses lueurs « entre chien et loup ».

Il y a d'autres photos, ça me fait mal de les voir : c'est comme si Julia avait rompu le fil entre nous. C'est l'Américain qui les a prises, forcément. Je m'oblige à les regarder, il y en a certaines où elle n'est pas seule, on le distingue derrière elle. Il y en a même une où ils sont attablés sur une terrasse, au bas d'un drôle de bâtiment tout en verre et en fer.

Je ne sais pas quoi faire, je ne sais pas quoi dire. Engueuler Julia, j'en serais incapable, je pourrais pas crier sur elle, je suis le dernier à vouloir la faire pleurer ou souffrir. Le problème, c'est que l'Américain a pris la place de William, et la mienne aussi. Faut que je me prépare à ce qu'ils vont me dire, ils peuvent pas me garder. J'ai peut-être trop d'imagination, mais je le sens pas, l'Américain : il me calcule pas, il doit se demander ce que je fous encore là, pourquoi je pars pas de moi-même, alors je vais lui expliquer que Julia, elle était à la masse quand je l'ai rencontrée. Bien sûr, elle a été super, elle m'a pas dénoncé, elle m'a ouvert sa porte et tout, OK, mais moi, je suis pas en reste, je l'ai aidée, je l'ai soutenue. Avec Ronan, on l'a ramenée là où elle doit être, sur le devant de la scène, et je vois bien que les gens la regardent différemment depuis qu'on lui a reconstruit une image : avant, ils la mataient avec un peu de curiosité, sans bienveillance ni malveillance, mais maintenant, leurs visages s'éclairent quand elle apparaît, elle les fait sourire, elle impose le respect aussi, et ça, c'est tout le boulot qu'on a fait avec Ronan. On a montré que Julia habite dans un endroit que personne d'autre peut se payer, mais sans créer de jalousie chez ceux qui découvrent tout ça sur Instagram, parce qu'on a rendu Julia proche, accessible, avec la bonne distance, et sans tout dire sur elle, sans dévoiler son intimité... Ça a été plus qu'une rencontre, ça a été une alliance, chacun apportant à l'autre ce qui lui manquait – et pourtant, personne croirait que le super *come back* de Julia Beller, c'est moi qui l'ai organisé.

À la réflexion, si je veux continuer à l'aider, faut peut-être que je mette de l'eau dans mon vin, que je pactise avec l'Américain (qui m'a pas ouvertement déclaré la guerre), que je leur prouve que je suis utile, et qu'on peut faire équipe. Hors de ces murs, je suis un paria, j'ai nulle part où aller ; je sais que Gaël me reprendrait au Nautilus, mais ce serait comme un saut en arrière – pire, j'aurais l'impression de repartir d'encore plus bas. Ma mère,

Maryvonne, elle dirait rien, elle me regarderait avec son air entendu, « Qu'est ce que tu croyais, je t'avais bien prévenu, pourtant... »

*

Il n'y a personne au Château, seulement Julia et moi. Armelle est pas venue, ce matin, et Maurice est parti plus tôt que d'habitude après avoir préparé le déjeuner. L'Américain n'est pas là, peut-être à son hôtel, en vadrouille, ou dans un avion qui le ramène vers son lointain pays. J'ai envie de savoir, mais je veux pas questionner Julia là-dessus, lui montrer que ce type me préoccupe.

On va manger en tête à tête dans la cuisine. Je la connais bien, maintenant, je sais quand elle est cool, je vois aussi quand elle joue, quand elle force un peu sa bonne humeur, comme en ce moment, pendant qu'elle met le couvert.

J'aime bien comment il cuisine, Maurice : c'est bon, c'est jamais lourd, que des produits frais, c'est ce qu'il me dit à chaque fois quand je viens le remercier. Je fais cette remarque à Julia, elle est d'accord avec moi, et je vois qu'elle a trouvé le chemin pour me parler. Elle se lance dans un discours sur les coopératives bio, sur les circuits courts, sur les nouveaux modes de vie, de travail, enfin tout le charabia qu'on lit et qu'on entend partout. Elle me demande si je suis d'accord avec elle, si je pense qu'il y a des choses importantes à changer dans nos habitudes, afin que chacun vive mieux. Oui, jusque-là, je suis d'accord, rien à objecter, même si je me sens moins concerné qu'elle.

« Tu vois, par exemple, notre Château des pommes… »

Là, je comprends qu'on entre dans le vif du sujet, que ça va me faire mal, comme quand on soigne une plaie ouverte. C'est pas que ce qu'elle dit est incohérent, c'est juste que ça part dans toutes les directions : elle lance par exemple qu'il faut bien réfléchir aux travaux qu'on a projeté de faire, elle et moi (elle insiste beaucoup pour nous lier tous les deux, comme si on était inséparables), qu'il y a des modèles de reconstruction respectueux de l'environnement (elle parle comme les journalistes des talk-shows, c'est pas bon signe, elle qui ne se plie à aucune idée reçue, qui m'épate toujours par son anticonformisme), et qu'aujourd'hui on peut voir les choses en plus grand, qu'elle y aurait pas songé avant, mais que maintenant que sa situation a changé, il faut pas hésiter à se remettre en question.

Julia a retardé le plus possible le moment de nommer Ezequiel, mais ça y est, l'Américain est là, entre nous. Ezequiel, me dit-elle, est tombé sous le charme de la maison, et surtout, il a insisté sur son potentiel. C'est bien un mot d'entrepreneur, ça, « potentiel »… Le Château a une histoire de plusieurs siècles, sa position est exceptionnelle, et il est la propriété de Julia Beller.

L'Américain, lui, pense qu'il faut diviser la maison en deux parties, l'une privée, l'autre qui serait un « lodge » (elle emploie les mêmes termes que lui ; avant, elle me parlait de maison d'hôtes), un lieu où toutes les ressources naturelles des environs seraient exploitées – la rivière qui traverse le terrain grâce à une retenue d'eau, les bois, la tourbe de l'hiver, les potagers, les vergers, les prairies où il faudrait élever des moutons. Il faudrait trouver aussi un accord avec les pêcheurs du coin, pour l'approvisionnement. Je vois qu'ils ont fait le tour de la question.

Julia insiste sur deux points encore : Ezequiel a l'expérience de ce genre de projet, puisqu'il a déjà bâti une dizaine de lodges dans son pays, elle a donc toute confiance en lui. Et il trouvera des partenaires financiers, c'est son domaine. Je sais pas si elle veut m'impressionner, mais elle me parle du bout du monde, de l'Afrique du Sud, un pays très en pointe sur la qualité environnementale des lodges et dont Ezequiel s'inspire beaucoup. Il voit grand, il envisage d'implanter des établissements de ce type en Italie, en Espagne et au Portugal, en s'appuyant sur les subventions à destination du tourisme. Et elle, Julia, en serait l'ambassadrice.

J'ai le tournis en l'écoutant égrener tous ces noms de lieux : elle est peut-être en train de chercher à me désorienter avant de porter l'estocade. Pendant qu'elle parle, je me sens peu à peu en proie à une colère sourde. Je me demande si l'Américain est sincère, honnête : il pourrait être un exilé fiscal, ou un fraudeur poursuivi par des créanciers. Il serait alors venu se refaire ici, comme on dit.

Je sais pas comment en parler à Julia, lui conseiller de mener une vraie enquête, ou alors lui proposer de m'en charger moi-même. Je peux peut-être commencer par aller voir Loïc à ce sujet. Et si mes soupçons se confirment, je lancerai une campagne de calomnies sur le Net. Des calomnies qui se trouveront être la vérité. Julia m'a parlé un jour de sa copine Michèle, celle qu'a joué Angélique, la marquise des anges : elle s'est fait avoir par l'un de ses amants, un Italien qui l'a dépouillée, et aujourd'hui, cette actrice qui a connu une immense célébrité vit seule dans un petit deux-pièces à Cannes, dans un quartier populaire.

Le dernier argument de Julia, c'est elle-même.

« Cette embellie ne durera pas, c'est un sursaut inattendu, merveilleux, mais éphémère, forcément. Il faut en profiter, capitaliser sur ces projets de théâtre ou de télévision qui m'ont remise dans la lumière, avant que l'ombre et le silence ne reprennent le dessus. »

Dans ces moments-là, elle parle comme les autres écrivent, elle essaie de faire des belles phrases. Je sais bien qu'au bout de ce discours, il y a une chose que Julia ose pas aborder, ma présence au Château.

Dehors, Abdul. Elle tourne autour du pot, s'approche dangereusement. Elle me raconte qu'avec Ezequiel, les choses attendent pas, qu'il projette d'installer au Château un bureau pour les architectes, où ils feront leurs études et leurs plans. C'est logique, ce sera leur premier lodge, la référence.

« Ezequiel me ressemble, dit-elle, il lui faut toujours un projet en cours, qui, une fois réalisé, sera éclipsé par un autre, comme moi, je passe d'un film à un autre, d'un personnage à un autre. Nous donnons, en tout cas nous essayons de donner, le meilleur de nous-mêmes à chaque aventure, et puis nous l'abandonnons sans regret ni remords. »

Elle aurait pas dû dire ce mot-là, « abandonner ». En le disant, elle l'a senti elle aussi, son regard est passé sur moi, s'est voilé d'un coup, puis s'est détourné. Elle a fait tout un discours d'évitement, la première tirade d'une rupture en cinq actes, soigneusement préparée et conçue avec l'Américain ; il a suffi d'un mot, et on se retrouve direct à la fin de la pièce.

Je pense que Julia m'a menti, ou qu'elle me cache quelque chose. C'est pas possible qu'après seulement quinze jours à fréquenter l'Américain, elle mette toute sa vie entre ses mains. Il doit être une ancienne connaissance. Pourquoi elle me dit pas la vérité ?

Julia quitte la cuisine, elle a pas vu l'heure passer, elle est tout d'un coup pressée. Quand elle sort de la maison, elle me dit juste ceci :

« Ne m'attends pas ce soir pour dîner, je ne sais pas à quelle heure je vais rentrer. »

Je traîne en ville. Et si je demandais un coup de main à Ronan ? Il est plus expert que moi en navigation sur le Net, il va plus vite. Je suis en face d'un bar où je les vois, lui et ses potes, en train de tchatcher. Il y a une fille qui a l'air d'être à la coule avec Ronan, c'est pas le moment. Faudrait commencer par se retrouver tous les deux, lui et moi.

Le temps passe, il se met à pleuvoir, ils sont à l'abri dans le bistrot, pas moi. Ronan a tiré un trait sur le Château et Julia. Il comprendrait pas que je vienne me plaindre pour les mêmes motifs qui l'ont fait, lui, sortir du jeu et se casser.

« Putain, t'en es encore là ?! »

C'est ça, qu'il me dirait. Je sens que pour retrouver Ronan, il faut d'abord que j'accepte de perdre la partie engagée avec Julia.

Quand je retourne au château, il n'y a personne. Je m'en doutais. J'ouvre mon ordinateur, je tape sur Google : « Julia Beller Ezequiel Algorta ». Apparaissent en premier les photos de leur promenade du bout de la terre, celles de l'hôtel en verre et en ferraille.

Puis je découvre, en poursuivant les recherches, des éléments auxquels on n'a pas accès si on tape leurs noms séparément. Ça, c'est les mystères du Net. Je tombe sur des photos qui datent : Julia est en tenue de soirée, et je la connais suffisamment maintenant pour voir qu'elle fait la gueule. Il y a une référence, Punta del Este, et une date, novembre 2010. La fin du printemps dans l'hémisphère Sud. Il y a cinq ans. D'autres photos : Julia Beller et Ezequiel Algorta dansent, serrés l'un contre l'autre. Un cliché où ils sont à table, souriants, avec plein de monde autour d'eux. Et un autre encore, où Ezequiel découpe un gâteau d'anniversaire.

J'en ai assez vu. Il y a un texte, en espagnol. J'en comprends une grande partie, ce sont les mêmes mots qu'en français. *Escándalo, prestación, contrato, prostitución, abuso de confianza*... je suis fier de moi, je me découvre un talent pour les langues étrangères, j'aurais dû m'y mettre plus tôt, j'aurais trouvé un vrai métier, ça m'aurait évité de me retrouver à guetter le retour de Julia dans un « château » abandonné.

Je prends mon portable, j'ouvre le dictionnaire espagnol-français pour vérifier certains mots que je comprends pas : *cumpleaño*, qui veut dire « anniversaire », et *desprecio*, qui signifie « mépris ».

Ça va, j'ai suffisamment d'éléments maintenant pour reconstituer l'histoire, écrire une légende sous les photos. Je fais un résumé de ce qui se passe, de ce que j'ai découvert, et j'envoie tout à Ronan.

*

Je bouge plus, j'essaie de me relever, mes membres n'obéissent pas à mon cerveau. C'est pourtant calme dans ma tête, je me sens enfin apaisé, tout ça va finir. Je commence à avoir froid, comme si la chaleur s'écoulait hors de moi. J'entends Julia et Ezequiel qui parlent, ils s'agitent, je veux leur dire quelque chose, alors je parle, moi aussi, je crie, les sons ne sortent pas, les mots restent à l'intérieur de moi. Il faut que je comprenne ce qui s'est passé, et pourquoi ça a dérapé.

On avait fait les choses dans les règles, avec l'Américain. Une conversation entre hommes, un face-à-face. Julia était dans les étages, je l'entendais marcher au-dessus de nos têtes. Ezequiel et moi nous sommes assis dans le salon. C'est lui qui a parlé le premier, j'ai été impressionné par la qualité de son français.

« Julia t'est très reconnaissante, mais elle ne va pas pouvoir te garder ici… »

Je m'étais préparé à entendre une phrase de ce genre, mais au moment où elle a été prononcée, ça m'a quand même mis un coup à l'estomac, comme si les mots parcouraient tout mon corps et faisaient des dégâts à l'intérieur.

Le temps que je me ressaisisse, Ezequiel a profité de l'uppercut qu'il venait de me mettre, de mon souffle coupé, pour avancer dans son discours. Ça bourdonnait dans mes oreilles, j'entendais ses mots par intermittence, mais le sens général était clair.

« … et puis on va commencer les travaux, par le premier étage justement, je vais installer des bureaux… »

Hier, il disait « on », « nous » ; ce matin, c'est « je ». Ressaisis-toi, Abdul, réponds, le laisse pas parler tout seul.

« Je ne sais pas comment tu as été payé ni si tu l'as été, mais je vais m'en charger… Combien tu veux ? Je peux t'offrir une formation, tu as quitté l'école, il y a des institutions qui ne te prendront pas… ou te trouver un stage dans une de mes entreprises… »

J'ai enfin réussi à parler :

« C'est pas elle qui veut me virer, c'est vous. Vous avez besoin d'elle pour votre business, pour faire oublier vos faillites : avec elle, vous imaginez que vous serez intouchable. Alors vous voulez l'acheter, comme moi, mais on l'achète pas, Julia, elle fera toujours ce qu'elle voudra, même si vous la payez très cher pour parader avec elle… »

J'ai vu qu'il le prenait pas bien, une bonne frappe dans le menton. J'ai poussé mon avantage.

« Elle a besoin de moi ici, je la rassure. Si elle veut que je parte, qu'elle me le dise elle-même… »

Julia marchait à l'étage au dessus, elle devait être dans ma chambre. Ezequiel a réagi vite.

« Elle te le dira. »

Il me lâchait pas du regard, il était dur, le mec, il était solide. Qu'est-ce que je croyais, qu'un petit gars comme moi pouvait le faire fléchir ? J'ai senti qu'il hésitait à poursuivre la conversation, mais il l'a fait, très calme.

« Oui, c'est vrai, j'ai payé Julia… J'ai toujours rêvé de la rencontrer, tu peux comprendre, tu la connais bien, c'est une femme exceptionnelle. J'ai écrit à son agent que je voulais présenter une rétrospective de ses films à Montevideo. Pas de réponse. Et puis, j'ai appris qu'elle accepterait de se déplacer pour de l'argent. Toi, ça te choque, moi, ça me touche. Qu'une femme comme elle fasse ce genre de choses, ça dévoile une détresse, un abandon, et même de la solitude. Je l'ai invitée, elle est venue… Elle était très mal à l'aise, malheureuse même… Elle m'en voulait de la traiter comme une marchandise, elle s'en voulait de s'être fourrée là-dedans. On s'était trompés tous les deux, on était à égalité, j'ai pensé que ça nous laissait une chance, un nouveau départ… »

Il était fort, l'Américain, il y allait avec franchise, et il avait l'air sincère. Ça aurait été plus facile pour moi qu'il me mente, qu'il se conduise comme un escroc. Là, j'étais pas de taille. Il a encore ajouté quelques mots :

« Je vais venir vivre ici, en France, chez Julia… »

Non, c'était de la triche, il mentait, l'Américain. Il y avait trop de faillites dans son CV. Fallait pas que ça se passe comme ça, il n'y avait plus que moi pour protéger Julia.

« Je ne partirai pas, allez faire vos affaires ailleurs. Et vous pouvez pas me virer, j'ai un contrat.

— C'est exact, un contrat qui ne comporte pas d'obligation de te loger, et qui est révocable par les deux parties sur simple notification, je vois que tu ne l'as pas lu jusqu'au bout... Julia va te proposer de t'installer dans le cabanon, le temps que tu trouves quelque chose. »

Le cabanon... j'ai eu l'impression qu'on remontait le cours de l'histoire jusqu'au tout début, jusqu'à ce soir où mon crâne saignait sous la pluie. C'est là que ça a vrillé, j'aurais dû mieux me contrôler. Je me suis levé tout d'un coup.

« Je peux raconter tout ce que je sais, ses caprices, ses dépenses, ses folies... comment elle vit, comment elle mange, comment elle dort, ses manies, tout, je sais tout d'elle... et la manière dont vous vous êtes connus, je commencerai par ça... »

L'Américain s'est levé, lui aussi, est venu tout près de moi.

« Qu'est-ce que tu veux ? De l'argent ? Combien ? Et après, tu te casses ! »

J'avais pris la main, fallait que je continue d'attaquer.

« Il y a un truc que vous pigez pas : rien n'a changé, c'est votre pognon qui l'intéresse, le mec qu'elle aime, qu'elle a toujours aimé, c'est pas vous, c'est William, elle finira sa vie avec lui, pas avec vous... »

Ezequiel m'a bousculé, fait reculer, je sentais qu'il se retenait de me foutre son poing dans la gueule. C'est à ce moment-là que Julia est entrée dans le salon, elle avait entendu qu'on criait. Je me suis glissé sur le côté, ils étaient tous les deux face à moi. J'ai sorti mon portable de ma poche, j'ai appuyé sur une touche, puis tendu le bras vers eux :

« J'ai tout enregistré, tout ce que je sais, tout ce que j'ai vu et entendu. Je vais poster ça sur tous les réseaux... je ne veux pas partir d'ici. »

Je bluffais : le mail vengeur écrit sous le coup de la colère, je l'avais supprimé après l'avoir envoyé à Ronan.

Julia se tenait serrée contre l'Américain, plus d'illusions à se faire, elle avait choisi son camp. Je levais le portable comme une arme, braqué dans leur direction. J'avais vu ça dans une série américaine qu'on avait regardée un soir avec Ronan, un mec qui menaçait de faire des révélations explosives, une affaire d'État.

Ça a marché, ils étaient pétrifiés tous les deux. Julia s'est approchée de moi, elle était très calme, elle se maîtrisait :

« Abdul... »

À ce moment, le signal d'un message a retenti : j'ai baissé les yeux par réflexe et vu le nom de Ronan sur l'écran.

Ezequiel était déjà sur moi, il a frappé mon bras d'un coup sec pour que je lâche le portable. Il a donné un coup de pied dedans, l'appareil a glissé sur le sol jusqu'au milieu du hall. Il a tenté de me retenir en me ceinturant. Je me suis dégagé et jeté en avant dans le hall. J'ai plongé au sol pour attraper le portable, je l'ai saisi, mais j'ai pas eu le temps de me relever. L'Américain m'avait suivi, il était déjà sur moi.

On s'est bagarrés sur les dalles, j'entendais nos souffles, nos cris retenus, nos halètements, et la voix de Julia qui tentait de mettre fin à notre déchaînement. Ezequiel a réussi à bloquer mes bras, il pesait de tout son poids sur moi. J'étais immobilisé. Il a attendu un instant, relâché sa prise, puis s'est relevé lentement. Il n'y avait plus rien à prouver, c'était lui le plus fort. Je suis resté prostré sur le sol, j'accusais ma défaite, je sentais mes larmes couler. Ils étaient tous les deux penchés sur moi, très grands, ils m'écrasaient de toute leur hauteur.

Ça doit être ce sentiment-là, d'être écrasé, qui a provoqué le drame. Julia s'est baissée vers moi, j'ai vu qu'elle aussi avait des larmes dans les yeux. Elle disait rien, elle a caressé mon front. Il venait trop tard, ce geste, c'était dommage. Je me suis relevé lentement, tourné vers l'Américain, et ce que j'ai capté dans son regard, c'était de l'hostilité, de la colère. Il tenait mon portable dans sa main, ça a attisé ma rage. Je me suis jeté sur lui et l'ai déséquilibré, je voulais encore me battre, perdu pour perdu, jusqu'à l'épuisement.

J'ai senti à ce moment-là les mains de Julia sur mes épaules, cru qu'elle essayait de me calmer en me prenant dans ses bras ; en fait, elle m'a saisi et aussitôt repoussé, Ezequiel en a profité pour me lancer son poing en pleine face. Ça m'a fait pivoter sur moi-même et je suis parti en arrière en perdant l'équilibre.

La chute m'a paru interminable, comme un ralenti au cinéma, j'allais m'étaler sur le dos… en fait, c'est mon crâne qui a touché la pierre de l'escalier, juste au niveau de l'arête de la première marche. Ça a fait un drôle de bruit, au-dehors et au-dedans de ma tête. Un voile devant mes yeux, et puis un éclair, suivi d'un énorme coup de fatigue, je voulais arrêter la bagarre, j'avais plus de forces, je voyais du noir, ou la nuit, et puis plus rien.

*

Ça y est, je reviens à moi. J'ai vraiment froid. Je sens de la chaleur autour de ma tête, c'est poisseux, avec une odeur fade. Du sang, mon sang, ça doit être ça. Donc je suis pas mort, ou pas encore. Je peux être sauvé, je crie, la bouche ouverte, mais personne m'entend. J'arrive pas à tourner la tête, j'essaye même pas. Tout ce que je vois de Julia et de l'Américain, ce sont des ombres. J'entends seulement leurs voix. Je veux écouter, au cas où je pourrais intervenir, les aider à m'aider. Ce qu'ils disent est très étrange, surtout elle, je me demande si c'est encore la réalité. Si, si, c'est la réalité, c'est la vie, quoi d'autre ?

Julia mène la danse, elle a la voix cassée par l'émotion, elle a dû pleurer longtemps mais elle se reprend, elle remonte la pente. Lui, il bouge moins, il a l'air de suivre ce qu'elle fait, ce qu'elle décide. Il vient au-dessus de moi, je le vois très flou, comme un gros insecte. Il m'appelle, il voudrait que je revienne, il me chasse plus, c'est trop tard, je m'en vais. Elle parle :

« Il ne faut pas le toucher, il faut attendre le Samu, les pompiers. »

Ezequiel se relève, il n'est plus pour moi qu'une longue tige, comme une de ces sculptures que j'ai vues dans un livre d'art de Julia. J'ai l'impression qu'elle est en train de travailler sa diction, elle répète les mêmes mots :

« C'est moi qui ai fait ça… légitime défense… ça passera, ce sera incontestable, il y aura ton témoignage… il voulait nous faire chanter… il nous a menacés, il m'en voulait, il était inquiétant, Ezequiel l'a entraîné vers le hall, j'ai entendu le bruit de la bagarre, j'ai voulu les séparer… il avait une arme, il m'a blessée, il fallait intervenir… »

J'entends ses pas sur les dalles, elle passe près de moi, s'éloigne. Elle revient, elle a un truc à la main, avec un chiffon autour. Elle lève l'objet, frappe son bras avec, puis sa cuisse, elle lâche un cri de douleur. Lui, il se met à parler en espagnol, je comprends pas.

Elle vient près de moi, s'agenouille, elle prend doucement ma main, et pose le truc dessus, ça doit être de la ferraille, un des ustensiles de la cheminée. Elle serre ma main sur la tige de fer, puis la laisse tomber sur le sol. Elle se relève, reste au-dessus de moi :

« C'est le film que je devais faire avec Chabrol... Marthe, c'était mon rôle, endossait un meurtre pour sauver le vrai coupable... Toi, tu risques de tout perdre, tu es un étranger ici... moi, on me pardonnera, on me comprendra, je serai acquittée... et puis c'est un accident, je ne voulais pas ça, je voulais juste te défendre... Dans le scénario, ça marchait, on la croyait, et ça finissait sur un non-lieu. »

Ils se taisent tous les deux. Et puis j'entends l'Américain dire :

« Son portable, qu'est-ce qu'on en fait ? »

L'ombre de Julia s'approche de celle d'Ezequiel. Elle saisit le téléphone.

« Il y a un dernier message de Ronan... "Tire-toi, laisse tomber." »

J'entends des sirènes qui se rapprochent, la police, ou les pompiers. Julia va se poster devant le grand miroir de l'entrée.

« Il a un casier judiciaire, Abdul, tu sais, il a le mauvais rôle… »

Je crois que ce sont les derniers mots que j'entends. Julia Beller vient de s'offrir le rôle principal, un beau rôle, dans la scène finale de ma courte vie, vingt années tout juste. Cette pensée quitte mon corps, j'ai froid à en mourir.

# Mickael

Je suis venu d'Australie le plus vite que j'ai pu, pour être aux côtés de ma mère. Elle me dit que ça lui rappelle le temps de mon enfance, quand je guettais son retour à la maison, le soir, après ses tournages, qu'elle me trouve tendre et attentionné. Le jeune employé de maman, Abdul, je crois, n'a pas repris connaissance. Il est mort dans le camion du Samu, il avait perdu beaucoup de sang et souffrait d'une fracture du crâne, avec une lésion cérébrale.

Ma mère et son ami uruguayen sont allés au commissariat, où ils ont été entendus. Ma mère a reconnu avoir porté le coup qui a provoqué la chute fatale. Homicide involontaire, coups et blessures ayant provoqué la mort sans intention de la donner, ce sont les motifs de son inculpation. Ils ont examiné sa jambe et son bras, les hématomes consécutifs aux blessures qu'Abdul lui a infligées avec le tisonnier. Encore un peu et c'était la fracture. Elle l'a échappé belle.

Ils sont restés en garde à vue, elle et l'Uruguayen, pendant quarante-huit heures. Elle a ensuite été libérée sous caution, avec obligation de rester à la disposition de la justice. L'Uruguayen aussi. Elle est rentrée seule au Château, lui a trouvé refuge sur le voilier de Loïc.

Ma mère ne sort que pour répondre aux convocations du juge d'instruction. Elle fait très peu de promenades dans le parc, elle craint la présence des paparazzi, que rien n'arrête. Même pas son chagrin. La presse, les médias, les réseaux, c'est une lame de fond, continue, incessante. Je ne lis pas tout, mon père et moi tenons maman à l'écart de cette déferlante. Les mots qui reviennent le plus souvent à son sujet sont générosité, naïveté, inconscience. On mentionne des drames du passé qui n'ont rien à voir avec ce qu'elle a vécu, comme ce fait divers de la fille de Lana Turner qui avait poignardé l'amant de sa mère, une ancienne actrice star de Hollywood.

# Julia

Personne ne semble mettre ma parole en doute. Ceux qui clament leur innocence sont suspectés, ceux qui assument leur culpabilité sont présumés sincères.

Le juge d'instruction accomplit sa tâche avec beaucoup de sérieux. Il a convoqué tous ceux qui connaissaient Abdul, de près ou de loin : Ronan, Loïc, Gaël, le patron du Nautilus, Rémi, le rôtisseur, Maryvonne, sa mère, Françoise et Armelle, les femmes de ménage, Maurice, le cuisinier, et aussi Véronique, William et Lucas. Et d'autres encore, que je ne connais pas.

J'ai trouvé une enveloppe dans la boîte à lettres, c'est Ronan qui l'a déposée. Il dit qu'il a effacé le mail envoyé par Abdul dans la nuit qui a précédé sa mort. L'instruction nous a amenés, Ronan et moi, à revenir sur le saccage du château, et il m'a exprimé sa reconnaissance pour n'avoir pas déposé une plainte à ce sujet.

L'homme politique qui a autrefois été mon amant fait partie du gouvernement actuel. Il surveille l'affaire et agit dans mon sens. Après examen de la question, rien ne s'oppose au démarrage des répétitions au théâtre. Un policier m'accompagne du Château au théâtre de Lanester. C'est le lieu que William a choisi. Alexander et lui, avec le concours de Lucas, ont travaillé sur la distribution des autres rôles de la pièce.

Tous me croient affaiblie, ils se trompent. S'il y a une cassure en moi, elle est intérieure, elle m'appartient et personne n'y aura accès. On m'entoure, on me regarde, on me ménage comme si j'allais tomber en morceaux, comme si j'étais faite d'une matière fragile ou explosive. Je n'aime pas ces attitudes, ces mots murmurés, ces sourires qui se figent, ces attentions excessives. Je ne veux pas que l'on ait de la compassion pour moi, qu'ils réservent tous leur affliction pour le jeune homme que nous ne reverrons jamais.

Alors je hausse le ton, je bouscule l'équipe, je presse Will, je questionne et contredis Alexander sur les dialogues, je lui rappelle que son imaginaire est anglais et que nous allons jouer en français. Je reprends le dessus et je tiens mon trac en respect, à une distance raisonnable. Je ne le chasse pas complètement, car je peux avoir besoin de lui pour me surpasser, le moment venu.

# William

Je fais des essais avec plusieurs jeunes actrices, prétendantes au rôle d'Eve Harrington. Elles sont tremblantes de trac, bien sûr, elles veulent obtenir le rôle, mais aussi parce qu'elles se retrouvent face à Julia, qui est la femme dont tout le monde parle en ce moment.

Deux filles se distinguent lors des auditions. La première, Louise, est habile, souple, séductrice sans en avoir l'air, ambitieuse aussi, et sa propre personnalité est proche du caractère manipulateur d'Eve : je ne suis pas étonnée qu'elle se soit mis Alexander dans la poche. Je vois une chose qu'il ne voit pas : cette fille a déjà investi le rôle, je sais exactement comment elle va le jouer, et elle ne variera pas d'une nuance entre les différentes représentations. J'aime mieux la seconde, Clarisse : elle est encore peu sûre d'elle, elle trébuche, mais elle a des moments de génie… Sans être grossier, je peux dire qu'elle est de la matière brute pour un directeur d'acteurs.

Je dois prendre en compte le besoin de Julia d'être confortée, de se sentir en sécurité. Ce qui plaide en faveur de Louise, plus mûre, plus régulière. Je verrai avec Julia, nous aurons une conversation à cœur ouvert, comme toujours.

Dès la confirmation du maintien de la pièce et l'ouverture des réservations, les gens se précipitent dans les billetteries et sur les sites de réservation en ligne. Comme pour les concerts d'une star de musique pop. En une seule journée, toutes les places sont vendues. Il y aura trente représentations au Théâtre national de Bretagne, à Rennes, pour commencer. Après, on verra. Selon le succès de la pièce, les suites de l'instruction, la tenue d'un procès ou non, et l'état de santé de Julia.

Je ne sais pas comment nous réussissons à bien travailler dans de telles conditions. En tout cas, ça avance, et Julia ne flanche pas. Mickael assiste à tout, aux relectures du texte, aux essayages de costumes, à la scénographie, à la préparation des musiques… Julia a préféré que nous ne logions pas au château ; j'ai loué un appartement en ville, près du théâtre, pour Mickael et moi. Nous dînons chaque soir ensemble, tous les trois, après les répétitions, et sans tous ces enjeux qui s'entremêlent et brouillent tout, nous pourrions presque exprimer la joie que nous éprouvons à partager ces moments.

Un soir, j'entre dans la chambre de Mickael, je cherche mes notes sur la mise en scène de l'acte deux, qu'il a demandé à consulter. Sur la table de chevet, j'aperçois une photo encadrée : Julia et moi, endormis et enlacés, blottis sous une couverture, dans la lumière diffusée par une lucarne. Et si jeunes, surtout, nous sommes si jeunes. Il me faut du temps pour comprendre et me souvenir : notre premier film ensemble, notre première étreinte, après le tournage de la scène où nos personnages succombaient à leur désir.

Qui a pris cette photo, qui a volé ce moment ? Je finis par en parler avec Mickael. Cette photo, c'est Julia qui la lui a donnée, le soir où nous nous sommes séparés, elle et moi, et elle lui a dit :

« N'oublie jamais que tu es l'enfant d'un homme et d'une femme qui se sont aimés prodigieusement, qui s'aiment encore, et qui s'aimeront toujours, même éloignés l'un de l'autre. »

## Julia

Will et moi sommes tombés d'accord : c'est Clarisse qui jouera Eve. Il y a dans son jeu des failles, des ruptures qui me plaisent... Chaque soir, avec elle, sera un saut dans l'inconnu. Nous nous entraînerons mutuellement sur des chemins accidentés, je la rattraperai si elle perd l'équilibre, elle ira me chercher si je m'égare. J'ai confiance en elle, j'aime son regard. J'ai convaincu Will sans trop d'efforts, lui-même était indécis et ma détermination l'a rassuré.

Il faut que je fasse attention à ne pas reporter sur cette jeune actrice mes sentiments perdus – ceux qui nous liaient, Abdul et moi. Je ne sais pas si nous éprouvons tous cela un jour : le cœur et l'âme pleins d'une affection, d'un amour privés de leur objet, mais qui ne renoncent pas, qui cherchent inlassablement un être à aimer.

Ezequiel et moi avons besoin de nous voir. Nous seuls savons la vérité. Nous devons nous cacher, empêcher que quiconque prenne cette photo de nous deux que toutes les rédactions de magazines réclament de leurs reporters.

Je franchis la haie qui sépare le parc du terrain de mon voisin, Gwenaël, me faufile jusqu'à la cour de la ferme où Mickael m'attend au volant de sa voiture de location. Je me couche sur la banquette arrière, sous une couverture. Mickael s'engage dans l'allée du jardin et franchit le portail latéral, qui ouvre sur un chemin de terre. Puis nous filons jusqu'à Port-la-Forêt.

Mickael gare la voiture à l'extrémité du ponton, pour que je n'aie que quelques mètres à parcourir avant de me glisser dans un grand catamaran dont Loïc a la clef et qu'il laisse à notre disposition. C'est là que je retrouve Ezequiel. Nous ne parlons pas, nous restons allongés, dans les bras l'un de l'autre. Nous ne faisons pas l'amour, nous ne le ferons plus jamais. Ezequiel a obtenu la permission de rentrer chez lui, à Montevideo : aucune accusation n'est portée contre lui.

Il aurait voulu assister à la première d'*All About Eve*, il ne le pourra pas : sa présence serait une aubaine pour les échotiers et la presse people. Et dommageable pour le spectacle, pendant lequel toute l'attention doit être focalisée sur la scène et ceux qui l'occupent. Ezequiel sera là pour la répétition générale, à laquelle il assistera depuis les coulisses. Nous essaierons de nous voir une dernière fois après le début des représentations, mais ce sera moins aisé, car je séjournerai dans un hôtel à une vingtaine de kilomètres de Rennes, en bordure de la forêt de Brocéliande.

Je crois en la sincérité d'Ezequiel ; j'ai peut-être douté de lui après toutes les paroles qu'Abdul lui a jetées au visage, mais j'ai chassé ces doutes. Pour une raison simple : je me protège. Si cet accident fatal était survenu à cause d'une personne qui n'en vaut pas la peine, je ne le supporterais pas.

Nous avions choisi de lancer le spectacle dans une grande ville de province afin de ne pas être confrontés aux ambiances assassines des soirs de première à Paris. Les récents événements ont changé la donne. Je sais, même si Will et Mickael me tiennent à l'écart de l'actualité, que de nombreux spectateurs sont arrivés de la capitale, et aussi de grandes villes proches, comme Nantes et Brest. Parmi eux, il y a des gens des médias, des artistes de théâtre ou de cinéma et des directeurs de salles de spectacle.

Le ministre de la Culture avait prévu de faire le déplacement ; on lui a rappelé que j'étais sous le coup d'une inculpation, donc pas très fréquentable, et il s'est fait représenter par son directeur de cabinet. J'ai refusé toutes les demandes d'interview, je ne suis pas une professionnelle des talk-shows.

Je dois réaliser cet exploit, être Margo, faire oublier Julia. Après ce qui s'est passé dans ma vie, je n'ai plus peur de grand-chose. Sauf du moment où cette frénésie du travail va s'essouffler, et que je ferai face à la perte d'Abdul.

J'ai envisagé de vendre le Château des pommes. Mais qui pourrait bien vouloir l'acquérir, aujourd'hui, avec ce qui s'est déroulé récemment entre ses murs ? Je n'arrive toujours pas à traverser le hall ni à emprunter l'escalier de pierre. J'entre dans la maison par la cuisine et ne monte jamais dans les étages. Comme avant. Je verrai ça après. Après Margo.

*

Ma loge est interdite d'accès, sauf à William, Mickael, Alexander et Clarisse, ma partenaire. On me porte un mot, qui est signé par Jean-Jacques, mon amant épisodique et pourtant fidèle. Il a fait le voyage, il est dans la salle. Lui connaît le théâtre, c'est son domaine de prédilection. Il y aura au moins un sixième sens, ce soir, parmi les cinq cents spectateurs. Lucas est venu, lui aussi.

Dans l'adaptation qu'a écrite Alexander, différents personnages parlent de Margo pendant une quinzaine de minutes avant qu'elle-même n'apparaisse sur scène. Je suis dans l'ombre des coulisses, j'entends la respiration du public. William est près de moi, Mickael est assis dans la salle, parmi les spectateurs. Je voudrais embrasser mes partenaires : ils se sont jetés sur scène en sachant que c'est moi que l'on guette, et ils ne m'en tiennent pas rigueur.

C'est mon tour, j'entre dans la lumière, mes pieds frappent le plancher du plateau. Il y a un silence de mort. Non, Julia, tu as tort. Débarrasse ta tête de ces mots. Ils ne sont pas là pour une mise à mort. Ils t'attendent.

Je sens leur affection, et leur dévotion. Je joue, j'oublie tout, je suis au plus près de mes partenaires. Le public fait connaissance avec Margo Channing et ne pense plus à Julia Beller pendant deux heures trente. Clarisse est formidable, elle livre sa performance dans le rôle d'Eve sur un fil, tout en innocence et en ruse, de quoi éblouir ceux qui découvrent la pièce.

Vers la fin, Eve traverse la scène, Margo apparaît, venant du fond du plateau. Nous nous immobilisons et nous toisons un long moment en silence. Il est alors prévu que je reparte vers l'ombre, d'où je viens, que je cède la scène à Eve. Clarisse ne m'en laisse pas le temps : elle s'éloigne et disparaît dans la coulisse, côté cour. Elle m'offre les derniers instants du spectacle. La lumière s'efface lentement, jusqu'au noir total.

Nous jouons les trente représentations devant une salle pleine. Will est présent chaque soir. Mickael a assisté aux trois premières soirées, puis il est reparti pour l'Australie. De nombreuses demandes arrivent de la part de propriétaires de salle qui désirent programmer notre spectacle, auquel la presse spécialisée a réservé un accueil et des critiques très favorables.

Je demande à William un temps de réflexion avant de donner ma réponse.

*

Je rentre au Château des pommes le lendemain de la dernière au théâtre de Rennes. William est reparti directement pour Londres, où sa propre compagnie l'attend avec impatience. Nous nous sommes beaucoup rapprochés, lui et moi : je dis cela en sachant que ce n'est pas tout à fait exact, car nous ne nous sommes jamais éloignés. Je reçois des visites de Loïc et d'Alexander, qui gentiment traverse la Bretagne pour passer de temps en temps une soirée avec moi.

Ce n'est pas eux que j'attends.

Je savais qu'elle viendrait un de ces jours. Quelqu'un sonne à la porte principale. Pour aller l'ouvrir, je dois franchir le hall et passer devant l'escalier de pierre.

J'ouvre : Maryvonne Le Tallec se tient sur le seuil. J'aime son regard, qui dit qu'elle attend un geste de moi pour entrer. Je remarque, pour la première fois, la délicatesse de son visage. Son fils tenait d'elle, aussi. L'air s'engouffre dans le hall, la lumière s'y faufile. Je dis à Maryvonne de s'installer dans le salon, je vais préparer un thé. J'entre dans la pièce avec elle, j'alimente le feu, il faut qu'il dure et que ses braises nous tiennent chaud, car nous allons parler longtemps du fils de Maryvonne, Abdul.

# Remerciements

Je tiens à remercier, pour leurs précieux conseils et leur amicale présence aux cours de la rédaction de ce livre, Thierry Billard, les différents relecteurs (Julie Ackerer, Léopold Bouchet, Florence Collin et Emmanuelle Coppeaux), ainsi que Jean-Pierre Lavoignat, Diane Kurys, Alain et Kouka Wermus et Joël Chapron.

Imprimé en France par CPI
en février 2022

FSC
www.fsc.org
MIXTE
Papier issu de sources responsables
FSC® C003309

L'éditeur de cet ouvrage s'engage dans une démarche
de certification FSC® qui contribue à la préservation
des forêts pour les générations futures.

Pour en savoir plus :
www.editis.com/engagement-rse/

N° d'édition : 63503/01
N° d'impression : 167951